KB124481

장군 정기룡

장군 정기룡

하용준 장편소설

은행나무

우리나라는 수천 년의 역사를 면면히 이어 오는 동안 다른 민족으로부터 많은 침략을 받아 왔습니다. 그렇지만 그때마다 모든 국민이 일치단결하여 위기에 처한 국가를 지켜 내고 혼란에 빠진 부모 형제와 이웃들을 구해 냈습니다.

그 과정에서 많은 영웅이 등장했습니다. 풍전등화(바람 앞에 있는 등불이 곧 꺼질 것만 같은 위태로움)의 순간에 나라를 구한 역대 최고의 영웅은 누구일까요? 아마도 누구나 첫손가락으로 꼽는 사람은 지금으로부터 430여 년 전에 침략자 일본군으로부터 나라를 지킨 이순신 장군일 것입니다.

그 임진왜란 때 남해안에서 큰 활약을 거둔 이순신 장군에 못지않게 육지에서 일본군과 싸울 때마다 이겨서 상승장군(싸울 때마다 이기는 장수)이라는 자랑스러운 칭호를 얻은 사람이

5

있었습니다.

바로 정기룡 장군입니다. 정기룡 장군은 빈천(가난하고 신분이 낮음)한 신분으로 태어나 불우한 어린 시절을 보냈지만 인내와 용기로써 온갖 역경을 극복하고 마침내 절박한 상황에 처한 나라를 구해 냈습니다.

정기룡 장군은 항상 적은 수의 군사로 많은 일본군을 상대했습니다. 전투에 임할 때면 늘 그 누구보다도 앞장서서 용맹하게 말을 달려 나가 싸웠습니다. 그래서 정기룡 장군의 휘하에서 활약한 여덟 명의 장사, 즉 8장사와 그들을 뒤따르는 부하군사들에게 항상 귀감이 되고 그들로부터 크나큰 존경을 받았습니다.

정기룡 장군이 이끄는 군사는 죽음도 감수하는 용감한 군사들이라는 뜻에서 감사군이라 불렸습니다. 또 매번 일본군이 전혀 상상하지 못하는 병법을 구사하면서 신출귀몰(귀신과 같이 나타났다가 사라짐)하였기에 일본군 진영에서는 우는 아이가 있으면 "저기 정기룡이 온다!"라고 말하여 울음을 뚝 그치게 했습니다. 일본군이 그만큼 정기룡 장군을 두려워했던 것이지요.

정기룡 장군은 임진왜란 7년 전쟁 동안 혁혁한 군공(전쟁에서 세운 공적)을 세웠습니다. 그리하여 전쟁이 끝난 후에 삼도수군통제사를 두 번이나 역임했습니다. 하지만 어찌 된 일인지 후세에 널리 알려지지 않았습니다. 왜, 무슨 이유로 정기룡 장군이 지금까지 역사 속에 이름 없이 묻혀 있게 되었을까요?

　이제 우리가 그동안 까맣게 잊고 지냈던 영웅 정기룡 장군의 흥미진진한 이야기에 여러분을 초대합니다.

2023년 4월
하용준

차례

1. 산굴이 무너진 사건

정호의 부인 김 씨가 돌림병을 앓다가 숨을 거두었습니다. 그런데 정호는 아내가 죽은 뒤에도 배 속의 아기가 살아 꿈틀거리는 것을 보았습니다. 이를 기이하게 생각한 정호는 장례를 치르지 않고 지켜보았습니다.

그로부터 이렛날이 되자, 싸늘한 몸이었던 김 씨가 부스스 눈을 떴습니다. 마치 오랜 잠에서 깨어난 듯한 모습이었습니다. 그러더니 곧이어 산통을 하기 시작했습니다. 정호는 집안 사람들에게 말했습니다.

"어서 아기를 받을 채비를 하라."

사람들은 아기를 낳는 데 드는 여러 가지 일로 분주하게 움직이며 준비를 하였습니다. 김 씨는 하룻밤의 산통 끝에 남자 아기를 낳았습니다.

정호는 크게 기뻐하면서 그 일을 신령스럽게 여겼습니다. 곰곰이 생각한 끝에 아들의 이름을 무수라고 지었습니다. 수명이 오래도록 이어지라는 뜻이었습니다.

무수는 아무 탈 없이 무럭무럭 자랐습니다. 또래 아이들보다 키와 체격이 더 빨리 자랐습니다. 말투와 태도도 몇 살이나 위인 것처럼 어른스러웠습니다.

친구들은 그런 무수를 대장으로 삼았습니다. 무수는 대장이랍시고 다른 아이들을 대놓고 못살게 굴거나 남모르게 괴롭히는 일은 하지 않았습니다. 다만 이웃 마을 아이들로부터 보호해 줄 뿐이었습니다.

"휘익, 휘익, 휘이익!"

무수는 휘파람을 불면서 골목길을 돌아다녔습니다. 밥을 먹고 있던 봉호가 갑자기 우물거리던 입을 멈추고 귀를 기울였습니다. 휘파람 소리는 규칙적으로 반복해서 들렸습니다. 봉호는 얼른 숟가락을 내려놓았습니다.

"봉호야, 밥은 다 먹고 나가야지!"

"빨리 가야 해요!"

봉호는 신발을 신고 부리나케 골목으로 나와서 뛰었습니다. 여기저기에서 나온 다른 아이들도 어디론가로 쏜살같이 달렸습니다. 이윽고 아이들은 고을 어귀에 있는 큰 당산나무 아래에 모였습니다.

무수가 말했습니다.

"다들 빨리 왔구나. 자, 가자!"

아이들은 산으로 올랐습니다. 산 중턱에 있는 바위굴 앞에 이르렀습니다. 군영으로 쓰고 있는 곳이었습니다. 무수와 아이들은 굴 안으로 들어갔습니다.

그때 갑자기 천둥 치는 소리가 들려왔습니다.

"쿠르르, 쾅, 콰쾅!"

아이들은 다 같이 굴 입구로 가서 밖을 내다보았습니다. 사방 하늘에 먹구름이 잔뜩 몰려오고 있었습니다. 온 천지가 캄캄해지더니 세찬 돌풍이 불었습니다. 곧이어 억수 같은 비까지 퍼부었습니다. 하늘을 찢어 놓고 땅을 쪼개는 듯한 천둥소리가 귀청을 때렸습니다.

"쿵, 쿠쿠쿵, 찌악, 찌아아악!"

아이들은 간담이 서늘했습니다. 봉호가 벌벌 떨며 두 손으로 귀를 막고 다시 굴속 깊이 들어갔습니다. 다른 아이들도 우르르 따라갔습니다. 천둥소리는 굴속에서도 여전히 크게 들렸습니다. 마치 호랑이가 포효하는 소리와도 같았습니다. 한두 마리가 아니라 수백 수천 마리가 한자리에 모여서 울부짖는 듯했습니다.

여름이지만 기온이 뚝 떨어져 온몸이 으슬으슬했습니다.

"이제 그만 나가자."

무수가 말했습니다.

"무서운데……."

"대장, 비라도 그치면 나가자, 응?"

아이들은 굴 밖으로 나가지 않으려고 했습니다. 무수는 어찌할 도리가 없었습니다.

"그러면 내가 먼저 나가서 살펴보고 올게."

"대장, 나가지 마. 굴 밖에 진짜로 호랑이가 와 있을지도 몰라."

무수는 씩 웃었습니다.

"비를 맞고 다니는 청승맞은 호랑이가 어디 있겠어?"

"그건 그렇겠네. 그럼 대장이 살펴보고 와."

"알았어."

'그래도 혹시나 호랑이가 와 있다면…….'

무수는 허리에는 줄팔매를 차고, 손에는 화살을 먹인 활을 들고 굴 입구로 갔습니다. 호랑이는 한 마리도 보이지 않았습니다. 비가 잦아들고 있었습니다. 한쪽 하늘이 밝아 오고 있었습니다. 무수는 먹구름이 물러가나 하여 굴 밖으로 나와서 먼 하늘을 바라보았습니다. 바로 그 순간이었습니다.

"쿠쿵, 콰르르!"

등 뒤에서 하늘이 무너지는 듯한 소리가 났습니다. 무수는 소스라치게 놀라며 뒤를 돌아보았습니다. 굴 입구가 연기로 자욱했습니다. 온몸에 소름이 쫙 끼쳤습니다. 눈 깜짝할 사이에 굴이 무너져, 크고 작은 돌 더미가 한 치의 빈틈도 없이 입구를 막고 있었습니다.

"얘들아!"

무수는 넋이 나간 듯이 돌 더미에 달려들었습니다. 돌은 꿈쩍도 하지 않았습니다. 무수는 불안해지기 시작했습니다.

해 질 무렵이 되어서야, 무수는 아이들을 찾아 나선 고을 사람들에게 발견되었습니다. 무수에게 자초지종을 전해 들은 고을 사람들은 그 말을 곧이 믿지 않았습니다. 무수 때문에 아이들이 죽었다고 여겼습니다. 사람들이 우르르 달려들어 무수를 꽁꽁 묶어 관아로 끌고 갔습니다.

"우리 아이가 억울하게 죽었사옵니다."

"저 아이가 산굴로 데려갔기 때문에 우리 아이가 죽었습니다."

"우리 아이의 원혼을 달래 주옵소서."

"날벼락도 이런 날벼락이 어디 있단 말입니까!"

급기야 흐느끼기 시작하는 사람도 있었습니다. 사또는 바로 앞에 있는 이방에게 물었습니다.

"이방은 어찌 생각하는가?"

"제가 알아본즉, 무수가 아이들을 산굴로 데려간 것이 아니라 함께 간 것이었사옵니다. 비록 골목대장으로서 앞장서서 갔다고 해서 아이들을 억지로 데려갔다고는 할 수 없는 일이 아니겠사옵니까?"

사또는 다시 죽은 아이들의 부모들을 바라보았습니다.

"이방의 말을 인정하는가?"

아무도 입을 열지 못했습니다. 그러나 그것도 잠시였습니다. 곧 무수의 허물을 들추어내기 시작했습니다.

"언젠가 저 아이가 우리 집 소를 잡아먹겠다고 했사옵니다."

"그러하옵니다. 혼자 다 먹어 치우겠다는 말을 소인도 들었사옵니다."

"사또, 저 아이가 우리 아이들에게 군령이랍시고 야릇한 명령을 내렸습니다. 늘 엄격하게 세워 놓고는 대장 노릇을 독차지했사옵니다."

"그러하옵니다. 자기가 쏜 화살을 마치 졸개 부리듯이 매번 아이들에게 주워 오게 했사옵니다."

"그뿐만이 아니옵니다. 화살을 주우러 가지 않는 아이는 돌덩이를 둥글게 포개어 놓고 그 안에 들어가게 한 뒤에 그곳이 감옥인 양 못 나오게 했사옵니다."

"모든 아이가 저 아이를 두려워하여 시키는 대로 복종하기만 하였지, 단 한마디도 거역하지 못했사옵니다."

"저 아이가 휘파람을 곧잘 부는데 그 소리를 들으면 별안간 우리 아이가 입에 든 밥을 뱉어 내고 밖으로 달려 나가곤 했사옵니다. 밥을 다 먹고 나가라고 하면, 군령이 떨어졌는데 맨 꼴찌가 되면 벌을 받는다고 했사옵니다."

사또가 부모들에게 물었습니다.

"그러한 일들이 아이들이 죽은 일과 무슨 상관이 있는가?"

"상관이 있어도 크게 있습지요. 이번에도 틀림없이 저 아이가 산굴 밖으로 나오지 못하게 명령을 했을 것이옵니다."

"그렇지 않으면 아이들이 한자리에 들어 몰살당할 리가 있겠사옵니까?"

사또는 부모들의 말을 무시할 수만은 없었습니다. 그리하여 다시 이방의 의견을 물었습니다. 이방은 작심한 듯 입을 열었습니다.

"무수가 저 혼자 살겠다고 산굴 밖으로 나왔겠습니까? 범이 굴 앞에 있었다면 오히려 범한테 잡아먹히러, 다시 말해 혼자 죽을 각오를 하고 나온 것이 아니겠사옵니까?"

이방은 고개를 돌려 부모들을 바라보며 말을 이어 갔습니다.

"그대들 같으면 마치 범 수백 마리가 한꺼번에 울부짖는 듯이 뇌성벽력이 치는 날씨에, 더구나 세찬 비바람까지 몰아치는 터에, 산굴 안에 들어 있고 싶지 산굴 밖으로 나오겠소?"

부모들 중 한 사람이 목소리를 높였습니다.

"사또, 천둥 치는 소리가 범이 울부짖는 듯했다는 저 아이의 진술만을 믿어서는 아니 되옵니다."

그때 이방이 힘주어 말했습니다.

"사또, 저 아이의 손을 처맨 것을 풀어 보게 하옵소서."

사또가 지시하자 사령 하나가 무수의 손에 감긴 헝겊을 풀었습니다. 온통 짓이겨져 시커먼 피딱지가 덕지덕지했습니다. 이방은 동헌 뜰이 울리도록 큰 음성을 냈습니다.

"자, 여러분! 저 열 손가락을 똑똑히 보시오. 찢어진 넝마처럼 열 손가락이 다 너덜너덜해지도록 돌 더미를 치우며 아이들을 구하려 했다는 증거가 아니겠소? 무수는 산굴 입구를 막고 있는 돌 더미를 치우느라 손이 다 터지고 무릎이 다 닳을 지경이 되었소. 만약 무수가 고의로 아이들을 죽게 했다면 저럴 수가 있겠소?"

아무도 입을 여는 사람이 없었습니다. 이방은 한 번 더 물었습니다.

"무수가 정녕 고의로 아이들을 죽음에 이르게 했겠소?"

여전히 아무 말이 나오지 않았습니다. 사또가 죽은 아이들의 부모들에게 물었습니다.

"아이들이 죽은 건 산굴이 무너졌기 때문인가, 아니면 다른 이유 때문인가?"

부모들이 낮은 목소리로 대답했습니다.

"산굴이 무너진 탓이옵니다."

"그렇다면, 산굴을 무너뜨린 게 누구인가? 저 아이가 무너뜨렸는가, 비바람 탓에 무너졌는가?"

부모들은 대답하지 못했습니다. 사또는 드디어 판결을 내렸습니다.

"듣거라! 아이들이 죽은 것은 산굴이 저절로 무너진 탓이다. 만분다행의 천운이 따라 홀로 살아남았다고 해서 저 아이에게 죄를 물을 수는 없다. 죄는 산굴에 묻고 천둥 번개와 비바람에 따져야 할 것이다. 정무수를 무죄로 방면하라."

고을 사람들은 사또의 판결에도 무수가 아이들을 죽게 했다고 여겼습니다. 무수의 집안은 고을에서 따돌림을 당했습니다.

정호는 민심을 달래려고 죽은 아이들의 명복을 빌기 위해 굿판도 벌이고 재도 지내 주고 아이들을 잃은 집안에 곡식도 보내 주는 등 온갖 방법을 다 써 보았지만 헛일이었습니다. 민심은 쉽사리 돌아서지 않았습니다.

이방이 정호를 찾아왔습니다.

"사또께서 나리의 집안을 위하고, 자제를 위하고 그러면서 고을 사람들을 달랠 만한 묘안을 빨리 찾아보라 하셨사옵니다. 민심이 더욱 사납게 타오르면 집 안에 횃불 뭉치가 날아들 수도 있으니 하루바삐 대책을 마련하셔야 하옵니다."

정호는 몇 날 며칠 고민에 빠져들었습니다. 좀처럼 좋은 방

안이 떠오르지 않았습니다. 고을 민심은 집안사람들을 사납게만 대했습니다. 날이 지날수록 수그러들 기미는 보이지 않고, 오히려 더 걷잡을 수 없는 상황으로 치달았습니다.

대문 옆 감나무에 열린 큰 감들이 차츰 붉은빛을 띠어 갔습니다. 마치 불방울이 수도 없이 매달려 있는 듯했습니다. 정호는 그것들이 떨어지면 온 집 안에 불이 옮겨붙을 듯한 불안에 사로잡혔습니다.

마침내 정호는 결단을 내리고 김 씨에게 말했습니다.

"무수를 데리고 떠날 채비를 하시오."

"예?"

"여러 날 고심한 끝에 내린 결정이오. 무수를 위해서나 집안을 위해서나, 이것 말고는 달리 방도가 없소."

그리하여 무수는 어머니 김 씨와 함께 고향인 곤양(지금의 경상남도 하동)을 떠나게 되었습니다.

2. 남강 수중전

김 씨는 무수를 데리고 진주 남강가 무듬실 고을에 새로운 삶의 터전을 잡았습니다. 김 씨는 소금을 머리에 이고 행상을 하며 생계를 이어 갔고, 무수는 서당에 다니며 부지런히 글을 익혔습니다.

"다녀오겠습니다."

무수는 서당으로 달려갔습니다. 먼저 온 아이들이 모여 앉아 저마다 욀 것을 외고 있는 모양새가 꼭 제비 새끼들 같았습니다. 서당에 든 무수는 목청 좋게 글을 읽어 나갔습니다.

시간이 지나자 글 읽는 소리가 점차 약해졌습니다. 아이들은 좀이 쑤시기 시작했습니다. 입으로는 글을 외고 있었지만, 눈으로는 서로 눈치만 보고 있었습니다. 훈장이 그런 분위기를 모를 리 없었습니다.

"오늘은 이만 파하자꾸나."

"와!"

아이들이 우르르 달려 나왔습니다. 서당 밖에는 어린 여자아이가 기다리고 있었습니다.

"오래 기다렸지?"

"아냐."

아이들은 무수와 여자아이를 빙 둘러섰습니다.

"대장, 애복이도 왔으니 우리 진영으로 가서 놀자."

강가에는 다 쓰러져 가는 정자가 있었습니다. 한 아이가 이마에 손을 얹고는 눈을 찡그리며 강 건너를 살펴보았습니다. 그러고는 무수에게 보고했습니다.

"대장, 의령 놈들도 다 나와 있어."

"몇 놈이나 돼?"

"열 놈이 넘는걸. 어? 배도 있어!"

한 아이가 불쑥 말했습니다.

"박수영 그놈이 우리 애복이를 좋아해서 납치라도 해 가려는가?"

"뭐야?"

애복이는 그 아이의 종아리를 퍽 걷어찬 뒤 말했습니다.

"나는 우리 대장 편이야. 그치, 대장?"

"여긴 다 우리 편이지."

"대장, 의령 놈들이 우리보다 무기도 많고 군량도 많아. 우리는 배가 고픈데……."

"그건 그래. 그래서 저놈들이 사기도 높지."

아이들이 풀 죽은 소리를 하자 무수는 힘주어 말했습니다.

"걱정하지 마. 작전만 잘 짜면 오합지졸도 일당백의 정군이 돼. 오늘 우리가 합심해서 저놈들을 무찌르자. 그런 다음에 저놈들이 가진 것을 모두 전리(전쟁에서 이겨서 얻는 이익)하자. 어때?"

"저놈들이 갖고 있는 나룻배까지?"

"그럼!"

무수의 시원스러운 말에 아이들이 환호했습니다. 무수는 무리를 나누어 각각 임무를 주었습니다. 그러고는 말했습니다.

"앞장서서 싸우는 유격대 대장은 내가 맡을게."

아이들은 재빨리 정자 안쪽에 있는 무기 창고로 몰려갔습니다. 유격대는 나무칼과 나무창을 하나씩 들고 무수 곁에 모여 섰습니다. 무수는 손에는 칼을 들고 허리에는 물고기를 잡을 때 쓰는 투망을 찼습니다.

"대장, 투망은 어디다 쓸 거야?"

무수가 빙긋 웃었습니다.

"적장을 생포해야지."

길성이는 강물을 헤엄쳐 가다가 자맥질을 해서 몸을 감춘 다음에 적군의 배에 갈고리를 거는 임무를 받았습니다. 길성이와 함께하는 아이들은 작전을 위해 큰 풀을 한 포기씩 뽑아 들고 왔습니다.

순치가 이끄는 아이들은 벙테기 활(뽕나무로 만든 활)과 쑥대 화살, 그리고 줄팔매를 챙겨 들었습니다. 나이가 가장 어린 아이들은 줄팔매에 쓸 돌멩이를 주워 날랐습니다. 준비를 다 마치자 무수는 아이들에게 늘 지어 서서 강물에 오줌을 누게 했습니다.

"저것들이 뭘 하는 거지?"

뱃머리에서 강 건너를 바라보던 박수영은 의아했습니다. 진주 아이들이 나란히 쭉 늘 지어 서 있었기 때문입니다. 여동금이 자세히 살펴보고는 말했습니다.

"박 대장, 저놈들이 오줌을 누고 있나 본데?"

"그래? 하하, 한심한 놈들. 그러면 강물이 더럽다고 우리가 건너가지 않을 줄 알고?"

"박 대장, 배를 타고 가서 저놈들이 가진 걸 싹 다 빼앗아 오자."

"그러자. 모두 다 발가벗겨서 옷까지 갖고 오자."

박수영이 뒤돌아보며 말했습니다.

"애복이는 놔둬."

"헤헤, 그럼. 애복이는 우리 박 대장의 부인이 되실 몸이니까."

"의령 박 호장(아전들의 우두머리)님의 아들과 진주 강 호장

님의 딸이 혼인을 하면, 우리 박 대장이 아마 세상에서 제일가는 갑부가 될걸?"

박수영은 크게 웃어 젖혔습니다.

"으하하하. 그건 그렇지."

박수영은 곧이어 아이들에게 명령을 내렸습니다.

"나는 배를 타고 강을 건널게. 여동금 너는 아이들을 데리고 배 뒤에 숨어서 물속으로 와. 내가 저쪽 나루터에 거의 다 가서는 다시 배를 돌릴 것이다. 그러면 저놈들이 배를 따라잡으려고 물속으로 뛰어들겠지. 그때 여동금 너는 아이들과 물속에 숨어 있다가 그놈들을 포위해서 혼내 줘라."

"박 대장, 그러면 우리는 어떻게 돌아와?"

"너희가 물속에서 저놈들을 혼내 주고 있을 때 내가 배를 다시 돌려서 갈 거다. 저놈들은 그때서야 우리의 작전에 속은 것을 깨닫겠지. 나는 정자 앞에 배를 댈 것이다. 그때 너희는 물속에서 나와라. 함께 쳐들어가 한 놈도 남김없이 잡아 버리자."

"와, 멋진 작전이다."

"역시 우리 박 대장이야."

박수영은 아이들 가운데 반은 배에 태우고 나머지 반은 물속에 들어가 배 뒤를 따라오게 했습니다. 그러고는 진군하는 장수처럼 뱃머리에 섰습니다. 뱃전에 붙은 아이들은 힘을 다해 키질과 노질을 하기 시작했습니다.

"온다!"

강 쪽으로 망을 보던 진주 아이가 소리쳤습니다.

무수는 길성이에게 명령을 내렸습니다.

"너희는 정자 뒤로 돌아간 다음에 숨는 척하면서 적이 볼 수 없도록 물속에 들어가."

길성이는 아이들을 데리고 재빨리 정자 뒤로 사라졌습니다. 잠시 후 풀포기들이 강 위를 떠가기 시작했습니다. 그 모습을 본 무수는 자신이 거느린 유격대를 데리고 물속에 들어갔습니다. 무릎까지만 담그고 서서 아이들에게 소리를 지르게 했습니다.

"박수영 고자! 여동금 고자!"

배가 가까이 다가왔습니다. 무수가 순치에게 명령을 내렸습니다.

"쏴라!"

명령을 받은 순치와 아이들은 박수영이 탄 배를 향해 팔매질을 하고 활을 쏘았습니다. 돌멩이와 화살이 허공을 휙휙 날았습니다.

박수영도 배에 탄 아이들에게 팔매질을 시켰습니다.

"발사!"

새까만 점 같은 것들이 강물 위 허공을 오갔습니다. 아직은 사정거리에 못 미쳐 돌멩이며 화살이 전부 강물에 떨어졌습니다.

그사이 길성이가 이끄는 아이들이 물속으로 몰래 다가가 뱃전의 홈에 갈고리를 꽉 걸었습니다. 그러고는 다시 자맥질을 해서 어디론가로 사라졌습니다.

박수영은 이 사실을 까맣게 모른 채 줄팔매의 사정거리에 들기 직전에 외쳤습니다.

"후퇴하라!"

아이들이 뱃머리를 돌렸습니다. 박수영은 나루 쪽을 뒤돌아보았습니다. 그렇게 하면 후퇴를 하는 줄 알고 진주 아이들이 물속에 뛰어들어 쫓아오겠거니 생각했지만, 진주 아이들은 여전히 그 자리에 서서 고함만 질러 댔습니다.

박수영은 고개를 갸우뚱했습니다. 배를 따라온 여동금을 비롯한 의령 아이들만 물에 둥둥 떠 있었습니다. 여동금은 작전이 실패로 돌아간 줄 알고 박수영에게 물었습니다.

"대장, 어찌할까?"

"쩝, 하는 수 없지. 다들 배에 타라. 돌아가자."

그런데 아무리 노를 저어도 배는 의령 쪽 나루로 가지 않았습니다. 오히려 진주 쪽 나루에 더 가까워졌습니다. 아이들이 소리쳤습니다.

"박 대장, 이상해!"

"우리 배가 끌려가고 있어!"

박수영은 얼른 고물 쪽으로 갔습니다. 진주 아이들이 마치 줄다리기를 하듯이 배를 당기고 있었습니다. 배 아래쪽을 굽어

봐도 어디에 갈고리가 걸려 있는지 알 수 없었습니다. 박수영은 당황했습니다.

"빨리 물속에 들어가 봐!"

여동금이 뛰어들었다가 잠시 후 물 밖으로 머리를 내밀었습니다.

"박 대장, 갈고리가 벗겨지지 않아."

"이런!"

한편, 순치는 줄을 더욱 세차게 당기도록 아이들을 독려했습니다.

배가 조금씩 끌려오자 진주 아이들은 마냥 신이 났습니다.

"영차, 영차, 어영차!"

배가 점점 진주 강기슭에 가까워졌습니다. 박수영은 겁이 덜컥 났습니다. 방법은 하나뿐이었습니다. 박수영은 아이들에게 돌격 준비 명령을 내렸습니다. 하지만 아이들은 모두 겁먹은 얼굴이었습니다.

"푸!"

바로 그때, 강물 속에서 무수가 솟구치며 투망을 획 던졌습니다. 뱃머리에 서 있던 박수영은 그물을 고스란히 덮어썼습니다.

"앗, 이게 뭐야?"

박수영은 그물을 벗겨 내려고 두 팔을 휘저었습니다. 무수가 줄을 확 잡아채었습니다. 박수영은 중심을 잃고 휘청하더니 물속으로 풍덩 빠지고 말았습니다. 무수는 박수영의 머리를 눌러 물을 몇 번 먹인 후에 뒤로 눕혀서 끌고 진주 쪽 나루로 향했습니다.

"와!"

대장을 잃은 의령 아이들은 어쩔 줄을 몰라 했습니다. 여동금이 물속에 뛰어들었습니다. 박수영을 구하려고 헤엄을 쳐서 무수를 따라왔습니다. 그러자 풀포기 뒤에 숨어서 강물에 떠있던 진주 아이들이 머리를 내밀었습니다. 포위된 여동금은 순순히 잡힐 수밖에 없었습니다.

배는 다 당겨져 강기슭에 닿았습니다. 아이들이 달려들어 갈고리를 벗겨 내고 모래벌판으로 끌어 올려 정박시켰습니다. 박수영과 여동금이 생포된 것을 본 의령 아이들은 모두 항복했습니다. 순치는 의령 아이들을 모두 정자 앞에 꿇어앉혔습니다. 길성이는 배에 올라가 전리품을 거두어 왔습니다.

"대장, 줄팔매 일곱 개, 활 석 장, 화살 스물네 대, 팔맷돌 쉰일곱 개, 망개떡 아홉 덩이, 가래엿 일곱 가락, 밧줄 열한 발, 부쇠 두 개, 이렇게 있어."

무수는 고개를 끄덕이고는 박수영이 허리에 차고 있는 것을 끌러 오게 했습니다. 날이 잘 선 진짜 단도였습니다.

"너는 어찌하여 이런 것을 지니고 있느냐?"

"쳇, 흥!"

"여봐라, 적장의 태도가 매우 불손하구나. 적장과 부장에게 곤장을 쳐라."

아이들은 박수영과 여동금을 백사장에 엎어 놓고 볼기짝에 곤장을 쳤습니다. 처음엔 신음만 내더니 점차 횟수가 더해지자 둘은 아프다고 울기 시작했습니다. 무수는 매질을 멈추게 했습니다.

"이쯤에서 용서하고 방면해 줄 터이니 다시는 우리 진주 땅을 함부로 침노하지 말거라. 알겠느냐?"

박수영은 대답하지 않았습니다. 무수가 아이들에게 영을 내려 다시 곤장을 치려 하자 그제야 얼른 말했습니다.

"아, 알았어."

"저 배는 우리가 전리한 것이니 이제 우리 것이다. 너희는 헤엄쳐 가라."

이어 순치와 길성이에게 말했습니다.

"강물 속에 빠지지 않도록 나무토막을 하나씩 줘서 보내라."

의령 아이들이 나무토막을 안고 헤엄쳐 가기 시작했습니다. 진주 아이들은 팔짝팔짝 뛰며 좋아했습니다. 무수는 아이들에게 망개떡과 가래엿을 골고루 나누어 주었습니다. 배가 고팠던 아이들은 허겁지겁 먹어 댔습니다.

"이놈들!"

정자 뒤에서 고함 소리가 났습니다.

아이들은 놀라 그 자리에서 얼어붙고 말았습니다. 진주 관아의 호장 강세정이 서 있었습니다.

"남의 배를 빼앗은 것도 모자라 매까지 때리고……. 강도냐?"

무수는 아무 말도 하지 않고 고개만 숙이고 서 있었습니다. 강세정은 수하들에게 명령했습니다.

"저 배를 돌려주고 오너라."

"예, 호장 어른."

애복이가 목소리를 높여 항의했습니다.

"아버지, 그런 법이 어딨어요?"

"시끄럽다! 너는 계집아이가 하고한 날 이게 무슨 짓이냐? 사내아이들과 어울려 놀면 날 때부터 없는 고추가 생긴다더냐? 어서 집으로 가자."

강세정에게 이끌려 가던 애복이가 뒤돌아보며 말했습니다.

"대장, 오늘 잘 놀았어. 내일 봐."

3. 영노로 처해지다

땅거미가 깔릴 무렵, 강물 위로 점 같은 불빛이 하나 떠내려 왔습니다. 이윽고 불빛이 하나둘 늘어나더니 온 강물을 가득 채우며 떠내려오는 것이었습니다. 수많은 종이등의 불빛이 물결 따라 흔들리며 흘러들고 있었습니다. 크기도 모양도 각양각색이었습니다.

말 소 호랑이 용 같은 동물 모양의 등이 있는가 하면, 매 까치 수리부엉이와 같은 새 모양의 등도 있었습니다. 잉어 가물치 쏘가리와 같은 물고기 모양의 등, 감 배 복숭아와 같은 과일 모양의 등, 해 달 별 모양의 등, 장독 굴뚝 누각 모양의 등에 이르기까지 세상 만물의 모양 중에 없는 것이 없었습니다.

커다란 둥근 민등에 태평성세, 백년수복, 만수무강 등의 글씨를 쓴 등, 등 안에 걸틀을 만들고 여러 모양을 오려 붙여 그

32

모양이 등불에 비치게 만든 그림자등도 있었습니다.

무수는 바위틈에 애복이와 나란히 앉았습니다. 애복이는 한 쌍의 원앙 모양의 등을 들고 있었습니다. 여러 날 정성을 들여 만든 것이었습니다.

"대장, 우리 이거 띄우자."

무수는 부쇠로 불꽃을 일으켰습니다. 불꽃에 마른풀 뭉치를 대어 불길을 얻은 뒤에 밀랍 등촉에 불을 붙였습니다. 원앙등이 환해졌습니다. 애복이 얼굴도 등불 빛을 받아 붉게 보였습니다.

"대장, 우리 언제까지나 헤어지지 말고 잘 지내자. 응?"

무수는 빙그레 웃을 뿐이었습니다. 애복이의 목소리가 커졌습니다.

"왜 말이 없어?"

"그래, 헤어지지 말자."

"약속한 거야?"

"알았어. 빨리 가서 띄우기나 해."

애복이는 강물 위에 원앙등을 살그머니 놓았습니다. 등은 물결을 따라 둥실둥실 떠내려갔습니다.

별안간 바람이 차갑게 불어왔습니다. 곧이어 빗방울이 후두두 떨어지더니 이내 굵은 빗줄기로 바뀌어 쏟아붓기 시작했습니다.

"대장은 왜 이렇게 안 오는 거야?"

아이들은 정자 안에 쭈그리고 앉아 있었습니다. 세찬 비가 내리는 탓에 정자 밖으로 나갈 생각도 않고 무수와 애복이를 기다렸습니다. 어디선가 그륵그륵 하는 소리가 났습니다.

"이게 무슨 소리지?"

"비 오는 소리지."

"아냐. 잘 들어 봐. 지붕 위에 호랑이가 있는 것 같아."

"겁이 많기도 하다. 호랑이가 무슨 쥐새끼냐. 비 오는 날 지붕 속에 숨어들게?"

"그럼 쥐가 갉는 소리겠네."

아이들은 지붕에서 나는 소리가 별일 아니라는 듯이 여겼습니다.

"추워. 강물도 점점 불어나고."

"조금 있으면 어두워져서 깜깜해질 텐데……."

"더는 못 기다리겠다. 그만 집으로 가자."

"대장이 왔을 때 아무도 없으면 어떡해?"

"무조건 기다리라는 명령을 내리지는 않았잖아?"

"그래도 기다려야지. 의리가 있어야지."

아이들이 옥신각신했습니다. 순치와 길성이가 무언가 얘기를 나누었습니다. 두 사람은 아이들 앞으로 돌아섰습니다.

"집으로 가고 싶은 사람과 여기서 기다릴 사람, 손을 들어서 많은 쪽을 따르기로 하자. 어때?"

"그래, 그러자."

바로 그때였습니다. 갑자기 큰물이 덮쳐 우르릉 쾅 소리를 내며 정자가 무너져 내렸습니다. 순식간의 일이었습니다. 아이들은 하나도 보이지 않았습니다.

무수는 애복이와 나란히 걷고 있었습니다. 멀리서 보니 정자 근처에 사람들이 많이 몰려 있었습니다. 정자는 사람들에 가려서 보이지 않았습니다. 점점 가까이 다가가자 어른들이 우는 소리도 들리고 웅성거리는 소리도 났습니다.

"무슨 일이지?"

사람들 사이를 비집고 들어간 무수는 깜짝 놀랐습니다.

"어?"

정자도 아이들도 온데간데없이 사라지고, 불어난 강물만 넘실대고 있을 뿐이었습니다.

"어떻게 된 일이지?"

무수는 넋을 잃고 서 있었습니다. 비를 맞으며 울고불고하던 사람들이 무수를 발견했습니다. 누군가 소리쳤습니다.

"이게 다 저놈 때문이야!"

무수는 그 자리에서 붙잡혔습니다.

"왜 이러셔요?"

"네 이놈, 아이들이 강물에 다 떠내려가 죽은 걸 보고도 모르겠느냐?"

신고를 받고 출동한 포졸들이 무수를 묶어서 관아로 끌고 갔습니다. 무수는 충격을 받아 횡설수설했습니다.

'아이들이…… 그럴 리가…….'

감옥 앞에서 오랏줄을 풀어 준 뒤 포졸은 무수를 감옥 안으로 차 넣었습니다. 무수는 아무 영문도 모르고 갇히는 신세가 되었습니다. 아이들과 정자가 한꺼번에 사라진 것이 꿈인가 생시인가 할 뿐이었습니다.

한참 만에 어머니 김 씨가 찾아와 옥간을 붙잡고 오열했습니다.

"무수야!"

무수는 까닭 없이 죄스러운 마음이 들었습니다.

애복이도 면회를 왔습니다.

"아버지가 못 가게 하는 걸 몇 날 며칠 굶고 떼써서 왔어."

애복이는 연신 눈물을 흘렸습니다.

"아이들이 도대체 어떻게 된 거야?"

"강물이 갑자기 불어나서 정자가 무너져 떠내려가고 아이들도 다……."

"다?"

"거센 물살을 헤치고 나오지 못하고 죽었대."

"죽어? 전부 다?"

"순치만 간신히 헤엄쳐 나왔다고 해."

"아!"

무수는 털썩 주저앉았습니다. 곤양 당산골 뒷산에서 일어난 산굴 붕괴 사건이 떠올랐습니다. 또다시 저 때문에 아이들이 참사를 당했다는 자책감이 엄습했습니다. 머릿속이 온통 멍할 뿐 아무 생각도 나지 않았습니다.

"대장, 걱정 마. 대장은 아무 죄 없어. 내가 알아."

옥졸들이 그만 돌아가라고 다그쳤습니다. 애복이는 그제야 돌아갔습니다.

"아아!"

무수는 침울한 심정에 휩싸였습니다. 아이들 얼굴이 하나하나 떠올랐습니다. 눈물이 주르르 흘렀습니다. 점차 감정이 북받쳐 흐느끼는 소리를 냈습니다. 그때 감옥 한구석에서 싸늘한 음성이 났습니다.

"사내놈이 울기는. 뚝 그치거라."

무수는 소리 나는 쪽으로 고개를 들었습니다. 덩치가 크고 산발한 사내가 모습을 드러냈습니다.

"그것도 다 제 놈들 명운이니라."

"뭐요?"

"보아하니, 제법 사내다운 기개는 있다마는, 쯧쯧. 멀었어."

무수는 그 사내로부터 더 멀찍이 떨어져 앉으며 경계했습니다. 몰골이 말이 아닌지라 정체를 짐작할 수 없었습니다.

"내 말을 잘 들어 두거라. 사내대장부는 때가 되기 전까지 재주는 감추고 식견은 숨겨야 하느니라. 그런 뒤에 늘 앞으로 닥칠 위험을 가장 먼저 살펴서 회피할 방법을 찾아 놓아야 하느니라. 자격도 없는 주제에 함부로 남을 통솔하려 해서는 안 된다는 말이니라. 알겠느냐?"

무수는 대꾸하지 않았습니다.

"왜 대답이 없느냐? 내 말을 못 알아듣는 게냐?"

무수는 말을 섞을 기분이 나지 않았습니다. 혼자 있고 싶었습니다.

사내는 가부좌를 틀고 앉아서 중얼거렸습니다.

"하늘이 장차 그 사람에게 큰 소임을 맡기려 할 때에는 먼저 그 마음과 뜻을 괴롭히고, 근력과 뼈를 수고스럽게 하며, 몸과 살을 굶주리게 하고, 그 처지와 처신을 궁핍하게 하며, 그 하고자 하는 일마다 어긋나고 어지럽게 해서 마침내 이러한 것들을 참고 견뎌 내도록 한 연후에야 비로소 그가 감당해 내지 못했던 것을 능히 이루도록 한다."

무수는 사내가 앵무새처럼 끊임없이 반복해서 외는 통에 저도 모르게 따라 하게 되었습니다.

"하늘이 장차 그 사람에게 큰 소임을 맡기려 할 때에는……"

"어떠냐?"

"뭐가요?"

"앞으로 힘든 일이 생길 때마다 꼭 외도록 하거라."

무수는 사내의 정체가 궁금했습니다.

"감옥에 갇히기 전에는 뭘 하는 분이셨어요?"

"과거가 무슨 소용이겠느냐. 지금 뭘 하고 있느냐가 중요한 거지."

사또가 호장 강세정을 불렀습니다.

"민심의 동향이 어떠한가?"

"그 아이를 처벌하지 않으면 안 될 분위기이옵니다."

"어찌 처분했으면 좋겠는가?"

강세정은 무수를 애복이에게서 단단히 떼어 놓을 작정을 하고 있던 터였습니다.

"소인이 알아보았더니, 무수 그 아이는 곤양에 살았을 때에도 산굴이 무너진 일로 감옥에 갇힌 적이 있었는데, 곤양 사또께서 정상을 참작하여 무죄 방면 했사옵니다. 그 뒤로 우리 진주로 옮겨 와서 은인자중해야 할 처지임에도 참혹한 일을 또일으킨 것이옵니다. 비록 어린아이이기는 하오나 무듬실 고을의 여러 집안에서 통곡 소리가 그치지 않으니 엄히 다스리옵소서."

사또는 강세정의 말에 고개를 끄덕였습니다. 그러고는 판결
을 내렸습니다.

　"정무수는 아이들을 죽게 한 죄가 크니, 영노(병영의 종)로 삼
노라."

4. 궁술과 검술

무수는 병영에서 지통의 임무를 수행하게 되었습니다. 지통이란 명령서나 공문을 병영 안 각 부서로 전달하는 임무를 맡은 사내종을 일컫는 말입니다.

"안녕들 하시어요!"

무수는 손을 흔들며 달렸습니다.

"허, 저놈 참. 바람처럼 뛰어가네."

"그러게. 뭐가 그리 신나는지."

"저놈의 인사성은 알아줘야지. 허허."

무수는 가쁜 숨을 몰아쉬며 각궁을 만드는 공방 안으로 들어섰습니다. 각궁은 소나 양의 뿔로 장식한 활입니다.

"전령 당도요!"

흰머리가 많은 궁장(활과 화살을 만드는 일을 맡아 하던 장인)

박정천이 무수를 반겼습니다. 전령을 받아 든 박정천은 중얼거렸습니다.

"활을 서른 장 만들어라…….."

그러더니 웃는 낯으로 무수에게 물었습니다.

"활을 쏴 봤느냐?"

"벙테기 활만 쏴 봤어요. 궁장 어른이 만드시는 그런 진짜 활은 한 번도 못 쏴 봤어요."

박정천은 시렁에서 활 한 장을 내려서 무수에게 건넸습니다.

"한번 당겨 보려무나. 그 활을 제대로 당길 수 있다면 너한테 주마."

"정말요?"

무수의 눈빛이 샛별처럼 반짝였습니다. 활을 받아 든 무수는 일어서서 다리를 벌리고 섰습니다. 머리 위에서부터 활을 당겨 내렸습니다. 하지만 반도 못 당겨 두 팔을 덜덜 떨었습니다. 아무리 안간힘을 써도 활은 더 당겨지지 않았습니다.

박정천이 미소를 지었습니다.

"제아무리 힘센 장사라 하더라도 처음엔 연한 활도 당기기 힘들지."

무수는 용기를 내어 말했습니다.

"궁장 어른, 제게 활쏘기를 가르쳐 주세요."

"비록 지금은 네가 병영의 종으로 지내고 있다만, 사람의 앞

날은 알 수 없으니 부단히 준비하며 살아야 한다. 그러다가 기회가 오면 그 준비한 바를 마음껏 드러내어 뜻한 바를 꼭 이루거라."

무수는 박정천을 따라 마당으로 나갔습니다. 마당귀에 장대가 세워져 있었습니다. 장대 꼭대기에 한쪽 줄 끝을 묶고, 늘어뜨린 다른 쪽 줄 끝에는 화살을 매달아 놓았습니다.

"당겨 보거라."

무수는 주살(줄 달린 화살)을 활시위에 걸어서 당겼다가 놓았습니다. 줄에 묶인 화살은 허공을 날았다가 되돌아왔습니다.

"여기 올 때마다 이 주살을 열 번씩 당기고 가거라."

"예, 궁장 어른."

궁방을 나온 무수는 쏜살같이 달려 전령청(전령의 임무를 맡은 관청)으로 들어섰습니다. 한 아이가 다리를 벌리고 양손을 허리에 댄 채 서 있었습니다. 무수는 우뚝 멈추었습니다.

"너 왜 이제 와?"

무수는 우물쭈물했습니다.

"어디서 놀다가 온 거지?"

지통 아이들의 우두머리인 대통 아이는 무수의 머리를 쥐어박았습니다. 무수는 뒷머리를 긁적거리며 사죄를 했습니다.

"잘못했어. 다시는 안 그럴게."

"또 놀다 오기만 해 봐."

대통 아이가 밖으로 나갔습니다. 무수 앞에 앉아 있던 아이가 뒤돌아보았습니다.

"다시는 대통한테 걸리지 마. 그러다 큰일 나."

무수는 씩 웃었습니다. 그러자 그 아이가 핀잔을 주었습니다.

"바보같이……."

무수는 드넓은 병영에 들어 있자니 다른 세상은 없는 것 같았습니다. 이곳저곳 전령을 전달하느라 하루에도 수십 번씩 뛰어다녔습니다. 다른 지통 아이들은 걸어 다니는 것이 예사였습니다. 그런다고 해서 나무라는 사람은 없었습니다. 영내 전령은 화급을 다투는 일이 아니었기 때문입니다.

그런데도 무수는 걸어 다니는 법이 없었습니다. 덩치가 커서 쉽게 지칠 만도 한데 무수는 매번 날다람쥐처럼 뛰어다녔습니다. 그 때문에 다른 지통 아이들이 바보 같다고 업신여기며 함부로 대했습니다. 그럴 때마다 무수는 웃기만 했습니다.

무수는 성실하게 지통의 책무를 다했습니다. 남들이 보지 않아도 뛰었고, 시키지 않아도 으레 달려가 전령문을 전했습니다. 뛰고 달리면 그나마 속에 맺힌 응어리가 좀 풀리는 듯했습니다. 비가 오면 쏟아지는 빗줄기를 가르며 뛰었고, 눈이 오면 펄펄 날리는 눈발을 헤치고 달렸습니다. 몸은 다 젖을지언정 전령문만은 가슴속에 품고 젖지 않게 해서 곳곳에 전했습니다. 그런 무수의 행실은 지통 아이들 중에서 단연 돋보였습니다.

"별다른 데가 있는 놈이야."

"아이들 말로는 바보라고 하던데? 늘 제 먹을 것도 못 찾아 먹고."

그런 무수를 남몰래 눈여겨본 사람이 있었습니다. 병마우후 (종3품 벼슬) 서예원이 입직에 들어 있다가 밤에 조용히 무수를 불렀습니다.

"나를 알아보겠느냐?"

무수는 소스라치게 놀랐습니다. 진주 감옥에 함께 갇혀 있었던 바로 그 사람이었습니다.

"너는 왜 매번 먼지가 나도록 온 병영을 뛰어다니느냐?"

"전령을 빨리 전하려고요."

"가슴에 맺힌 게 있어서 그런 건 아니고?"

무수는 대답하지 않았습니다. 서예원의 음성에 힘이 들어갔습니다.

"어찌하여 여기 와서는 바보 흉내를 내고 있느냐? 병영의 종이 되고 보니 차라리 바보짓으로 살아가는 편이 낫다고 여겼느냐?"

무수는 가슴속에 묻어 둔 말을 꺼냈습니다.

"아이들이 두 번이나 죽게 된 이후로 깨달은 것이 조금 있기 때문이옵니다."

"그것이 무엇이냐?"

"남들의 대장 노릇만 하다 보니 너무 기고만장해진 것 같습니다. 그래서 늘 마음을 낮추어 살고 싶습니다."

"어머니 생각은 나지 않느냐?"

무수는 밤이면 밤마다 홀로 계신 어머니 생각에 잠 못 이루고 뒤척였습니다. 하지만 그 사실을 그대로 털어놓을 수 없었습니다. 입술을 깨물고 서 있는 무수를 가만히 바라보던 서예원이 물었습니다.

"진주 감옥에서 내가 가르쳐 준 것을 욀 수 있겠느냐?"

무수는 잠시 생각하더니 담담히 읊조렸습니다.

"하늘이 장차 그 사람에게 큰 소임을 맡기려 할 때에는 먼저 그 마음과 뜻을 괴롭히고, 근력과 뼈를 수고스럽게 하며, 몸과 살을 굶주리게 하고, 그 처지와 처신을 궁핍하게 하며, 그 하고자 하는 일마다 어긋나고 어지럽게 해서 마침내 이러한 것들을 참고 견뎌 내도록 한 연후에야 비로소 그가 감당해 내지 못했던 것을 능히 이루도록 한다."

서예원은 속으로 흡족해하며 인자한 음성을 냈습니다.

"검술을 익힌 적이 있느냐?"

무수는 선뜻 대답하지 못했습니다. 서예원은 무수를 데리고 나와 뒤뜰로 갔습니다. 그러고는 목검 한 자루를 무수에게 던졌습니다. 무수는 반사적으로 팔을 뻗어 받았습니다.

"옛적 신라 화랑들이 익힌 검술이 있었다. 그것이 오늘에까지 우리 조선의 전 병영에 전해지고 있으니 그 천년 비전의 검술을 본국검법이라고 한다."

말을 마친 서예원은 목검을 들고 몸을 놀려 검세(검술의 품세)를 선보였습니다. 달빛 속에서 칼을 써 나가는 모양새가 신비롭고 눈부셨습니다. 무수는 황홀한 지경이 되었습니다. 한바탕 검세를 펼쳐 보인 서예원은 다시 맨 처음의 자세를 잡고 서서 무수를 돌아보았습니다.

"따라 해 보거라."

무수는 얼떨결에 서예원이 시범을 보이는 검세를 흉내 냈습니다.

"지검대적세!"

무수는 정면을 바라보고 목검을 어깨에 대어 걸치는 듯한 자세를 따라 하며 말했습니다.

"지검대적세!"

"금계독립세!"

한쪽 발을 들고 목검을 가슴 쪽에 세워 들며 외쳤습니다.

"금계독립세!"

본국검법의 검세 몇 가지를 가르쳐 준 서예원은 목검을 거두었습니다.

"틈나는 대로 연습하거라."

"예, 나리."

그날 이후부터 무수는 밤마다 전령청 뒤뜰로 가 검술을 익혔습니다. 그때만큼은 병영의 아이종 신분임을 잊을 수 있었습니다.

"저것 좀 봐?"

"와, 대단한데?"

"바보 무수가 뛰어난 검술을 감추고 있었다니."

무수가 검술을 연습하는 것을 몰래 지켜본 지통 아이들은 겁이 더럭 났습니다. 그 뒤부터는 아이들이 무수를 함부로 대하지 않았습니다. 대통 아이도 무수를 대하는 태도가 싹 달라졌습니다.

어느 날, 병영의 우두머리인 병마절도사 유훈이 전령청 군관들을 상대로 병법을 강의했습니다. 마침 무수는 전령청 툇마루 기둥에 기대어 앉아 있다가 따뜻한 햇볕을 받으며 깜박 졸고 있었습니다.

"선봉은 돌격하라! 나를 따르라!"

난데없는 큰 외침을 듣고 유훈이 궁금하게 여겨 밖으로 나왔습니다. 무수는 눈을 떴습니다. 고개를 두리번거렸습니다. 그제야 정신이 돌아온 무수는 놀라서 얼른 머리를 조아렸습니다.

유훈은 무수에게 물었습니다.

"무슨 꿈을 꾸었느냐?"

무수는 얼떨결에 대답했습니다.

"장군기를 들고 달려가는 꿈이었사옵니다."

유훈은 빙그레 웃었습니다.

"용모를 보아하니 소년 장수로구나?"

"황송하옵니다."

"허허허, 종노릇을 하고 있기에는 아까운 아이로다. 소원이 있다면 한 가지 들어주마."

무수는 고민한 끝에 말했습니다.

"군마청에서 말을 돌보고 싶사옵니다."

거기로 가면 말을 탈 기회가 있을지도 모른다는 생각이 들었기 때문입니다.

5. 마상재 최고의 기술

군마청으로 자리를 옮긴 무수는 이른 아침부터 한시도 쉬지 않고 일했습니다. 물을 길어 나르고, 마구간을 치우고, 꼴을 먹이고, 말의 등을 글겅이로 긁어 주고, 말발굽 대갈이 닳아 있거나 못이 튀어나와 있으면 대장간으로 끌고 가 고쳐 주었습니다. 그뿐만이 아니었습니다. 말먹이를 얻기 위해 콩밭도 부지런히 매야 했습니다.

"큰일 났다!"

"망아지가 달아났어!"

무수는 소리를 지르는 아두시(군마를 돌보는 사내종)를 따라 마장으로 나갔습니다. 망아지 한 마리가 마장을 달리고 있었습니다. 아두시들이 뒤따라 뛰었지만 망아지를 따라잡을 수는 없었습니다. 목매기(아직 코를 꿰지 않고 목에 고삐만 잡아맨 말)만 한 망아지는 사람들이 따라오자 겁을 먹고 더욱 속력을 냈습니다.

아두시들이 다 지쳐서 포기하고 달리기를 멈추려는 바로 그 때, 한 아이가 쏜살같이 마장으로 달려 나왔습니다.

"무수다!"

무수는 거리를 두고 망아지의 꽁무니를 따라 달렸습니다. 아두시들은 마장 가장자리에 서서 그 광경을 지켜보았습니다. 망아지는 마장을 돌면서 흘금흘금 뒤돌아보았습니다. 무수는 쉬지 않고 끈질기게 뒤따랐습니다. 달리기라면 누구보다도 자신이 있었습니다.

마침내 지친 망아지가 속도를 줄였습니다. 그 찰나 무수는 있는 힘을 다해 질주했습니다. 망아지가 깜짝 놀라 다시 속도를 붙여 달리려고 했습니다. 하지만 그 전에 거리가 가깝게 좁혀졌습니다.

무수는 들고 있던 올가미를 망아지의 대가리를 향해 휙 던졌습니다. 올가미는 정확하게 망아지의 목에 걸렸습니다. 무수는 망아지를 안심시키려고 같이 달리면서 차츰 속도를 늦추었습니다.

"우어, 우어, 오왕, 오왕."

드디어 망아지가 그 자리에 섰습니다. 무수는 푸르르 투레질을 하는 망아지의 뺨을 어루만져 주었습니다. 땀을 흘리며 지친 기색이 역력했습니다. 천천히 잡아끌고 마사로 돌아왔습니다. 아두시들이 입 모아 칭찬하며 반겼습니다. 아두시들의 우두머리인 꼭달이가 다가왔습니다.

"대단하네. 너는 사람이야, 말이야?"

군마청 관속들이 쉬는 날이었습니다. 마사와 마장은 아두시들의 차지였습니다. 꼭달이가 말 한 필을 끌고 마장으로 나왔습니다. 다른 아이들은 지켜보고 있었습니다. 영문을 모르는 무수가 물었습니다.

"뭘 하려는 거지?"

"잘 봐. 무수 너는 꼭달이님의 재주를 처음 보지?"

꼭달이는 말에 오르는 방법부터 달랐습니다. 말을 가만히 세워 놓고는 말 머리로부터 멀리 떨어졌습니다. 잠시 숨을 고른 꼭달이는 땅재주를 휘릭휘릭 넘으면서 다가가다가 마지막에는 공중제비를 한 바퀴 돌며 말안장에 척 내려앉았습니다.

"와!"

아이들은 탄성을 지르며 박수를 쳤습니다.

"저건 찬도라고 하는 마상재(말 위에서 재주를 부리는 기술)야. 군관 중에도 저 기술을 할 줄 아는 사람은 없지."

꼭달이가 마상재를 부리면 부릴수록 무수의 놀라움은 더해 갔습니다. 마장을 둥글게 돌면서 갖가지 재주를 선보인 꼭달이는 훌쩍 몸을 솟구치며 두 다리를 벌려 말의 뒤쪽으로 내렸습니다. 말은 계속 달리고 있었습니다. 꼭달이는 땅에 내리자마자 곧바로 말을 뒤쫓아 갔습니다.

말을 따라잡은 꼭달이는 찰랑이는 꼬리를 두 손으로 잡았습니다. 그러고는 땅을 박차고 올라 몸을 옆으로 눕히며 안장에 올라타려고 했습니다. 그때 말이 엉덩이를 솟구치면서 펄쩍 뛰었습니다. 그 바람에 하마터면 뒷발길질에 차일 뻔했습니다. 말에 오르지 못하고 떨어진 꼭달이는 마장을 굴렀습니다. 하지만 이내 툭툭 털며 일어났습니다.

"또 실패로군."

무수가 다가갔습니다.

"어디 다치지 않았어요?"

"괜찮아."

"꼭달이님, 저도 좀 가르쳐 주셔요."

꼭달이는 망설이는 척했습니다. 둘러선 아두시들이 애원했습니다.

"무수를 제자로 삼아 주셔요."

"가르쳐 주셔요."

꼭달이가 씩 웃었습니다.

"그러잖아도 무수에게 가르쳐 주려고 선보인 거야."

무수는 소리 없이 활짝 웃었습니다.

"맨 처음 익힐 것이 있어. 길마(말안장)에 올라앉은 뒤에 말을 세워 놓고 몸을 뒤로 눕혀서 손으로 말 꼬리를 잡는 것부터 연습해. 이 연습을 하지 않고 처음부터 말을 달리면서 꼬리를 잡으려고 하면 낙상하기 십상이야. 알겠지?"

"잘 알겠어요. 그런데 아까 말 꼬리를 잡고 올라타려던 기술은 뭐예요?"

"'표자마'라고 하는 건데 마상재 중에서 가장 어려운 기술이야."

무수는 속으로 뇌었습니다.

'표자마.'

그다음 날부터 다시 고된 일상이 시작되었습니다. 말 떼가 한꺼번에 마장으로 몰려들었습니다. 행군 훈련을 끝내고 돌아온 군마들이었습니다. 내보낼 때와 마찬가지로 수백 마리가 동시에 들어오는 바람에 아두시들은 정신없이 움직였습니다. 꼭달이가 연신 큰 목소리로 아두시들을 호령했습니다.

"꾸물거리지 말고 한 마리씩 천천히!"

"야, 거기, 너! 말이 놀라지 않도록 하란 말이야!"

마장 아두시들은 익숙하게 말을 몰아 마사로 넣었습니다. 마사 아두시들은 들어온 말을 한 마리씩 마구간으로 넣고 빗장을 걸었습니다. 말들을 마사로 다 들인 후에야 한 마리씩 점검했습니다. 아두시들은 각자 맡은 몫을 벼락 치듯이 해내어 모든 말의 점검을 끝냈습니다.

"무수가 마장으로 간다!"

아두시들이 무수를 따라 우르르 밖으로 나갔습니다. 무수는 말에 훌쩍 올라 천천히 걷게 하더니 점차 속력을 냈습니다. 등자(말을 탈 때 발을 거는 곳)에 건 두 발을 앞으로 조금 들며 몸을 뒤로 눕혔습니다. 그러고는 머리를 돌려 꼬리를 잡으려고 손을 내밀었습니다. 말이 달리면서 꼬리를 이리 치고 저리 쳤습니다. 무수가 몸을 더 눕히고 손도 더 뻗어 꼬리를 움켜쥐려는 순간, 말 등에서 떨어져 구르고 말았습니다.

아두시들이 달려갔습니다. 몇 명은 말을 잡았고 몇 명은 무수에게로 왔습니다. 무수는 일어나서 절룩거렸습니다.

"다리가 부러진 거 아냐?"

꼭달이가 무수를 땅에 앉게 하고는 다리를 높이 들어 만졌습니다.

"다행히 뼈는 부러지지 않았어."

무수는 바지를 털며 일어났습니다. 꼭달이가 상기시켜 주었습니다.

"발등거리(등자의 순우리말)에 끼운 발에 힘을 꽉 주어야 해. 꼬리를 잡는 데만 정신이 팔려서 자기도 모르게 발이 빠져 버리면 영락없이 낙상하게 돼."

무수는 며칠 동안 다리를 절고 다녔습니다. 그러더니 다리가 채 다 낫기도 전에 다시 마상재를 익히기 시작했습니다. 말에서 떨어지고 오르기를 얼마나 했는지 몰랐습니다. 매번 지켜보던 아두시들이 무수의 집념에 혀를 내둘렀습니다.

"참 독종이야."

"나는 저렇게 못 해."

"무수는 우리와는 다른 피를 타고난 것 같아."

듣고 있던 꼭달이가 말했습니다.

"이 멍청이들아, 무수는 다른 피를 타고난 게 아니라 다른 피로 만들어 가고 있는 거야."

날이 가고 달이 가자 마침내 무수의 마상재는 탁월한 경지에 이르렀습니다. 그 과정을 지켜봐 온 아이들은 무수에게 간청했습니다.

"오늘도 좀 보여 줘."

"그래. 또 좋은 구경 좀 하자."

"자꾸 봐도 신기하고 재밌어."

"나도 한번 볼게."

꼭달이도 무수가 말 다루는 솜씨를 보고 싶어 했습니다.

무수는 말을 끌고 마장으로 나갔습니다. 말을 다독거린 뒤에 서 있는 말을 마주 보고 몇 걸음 뒤로 갔습니다. 그러더니 말의 머리를 향하여 땅재주를 두 번 넘고는 마지막에 훌쩍 몸을 솟구쳐서 공중제비를 돌며 말안장에 척 내려앉았습니다.

말은 잠깐 제자리에서 몇 걸음 움직였을 뿐 그대로 멈추어 서 있었습니다. 아두시들은 환호하면서 손뼉을 쳤습니다.

"찬도!"

무수는 말을 천천히 몰았습니다. 종종걸음을 치다가 어느덧 달리기 시작했습니다. 마장을 한 바퀴 돈 후에 등자에서 발을 빼고 천천히 말안장을 디디고 서서 두 팔을 가로로 벌렸습니다. 그 모습을 본 아두시들이 이구동성으로 외쳤습니다.

"입마!"

다시 안장에 앉은 무수는 한 손으로는 길마줒(말 안장의 앞쪽에 돌출된 부분)을 잡고 또 한 손은 안장의 뒤를 잡았습니다. 그런 뒤 등자에서 발을 빼 두 다리는 하늘로 들고 머리는 땅으로 향하게 물구나무섰습니다. 달리는 말 위에서 용케 중심을 잡고 자세가 흐트러지지 않았습니다.

"도마!"

마장을 반 바퀴 돌고 난 뒤, 이번에는 안장 위에 배를 대고 가로로 누웠습니다. 네 활개는 모두 큰대자로 펴고 중심을 잡았습니다.

"횡와!"

몸을 돌리며 안장에 똑바로 앉는가 싶더니 몸을 뒤로 눕혀서 흔들리는 말 꼬리를 잡았습니다. 아이들은 무수가 전에 그 기술을 선보이려다가 그만 낙상하여 다리를 다친 기억을 떠올리며, 더 큰 박수를 보냈습니다.

"종와!"

꼭달이도 칭찬을 했습니다.

"잘한다!"

몸을 바로 세운 무수는 등자에서 오른발을 빼 오금을 안장 길마좆에 갈고리처럼 건 뒤에 한 손으로는 안장 뒤쪽을 잡았습니다. 몸을 말의 왼쪽 옆구리에 붙이면서 머리는 말 꼬리 쪽을 향하게 하고 왼발은 말 머리 쪽으로 쭉 뻗었습니다. 말의 옆구리에 몸을 감추고 달리는 기술이었습니다.

"장신!"

무수는 왼손으로 마장의 모래흙을 긁어쥐고 흩뿌리곤 했습니다.

"작진!"

말의 왼쪽과 오른쪽 옆구리로 번갈아 가며 몸을 감추었다 나타났다 하기를 여러 번 했습니다. 아두시들의 목소리는 더욱 커졌습니다.

"좌우등리장신!"

안장에 바로 앉은 무수는 다음에 보일 재주를 생각하며 한숨을 돌렸습니다. 두 손으로 안장의 길마좆과 뒤쪽 불룩한 부분을 쥐고, 안장에 배를 대고는 머리와 두 다리를 각각 말 옆구리로 축 늘어뜨린 자세였습니다. 죽어서 말 위에 실려 있는 것처럼 보일 때 쓰는 기술이었습니다.

"양사!"

이번에는 길마좆과 안장 뒤쪽을 각각 잡고 두 발을 모아 땅에 디뎠다가 차올라 다시 반대쪽으로 넘어가 똑같이 발을 디뎠다가 차 오르기를 하면서 말 등을 좌우로 넘나들었습니다.

"타마!"

그러더니 말과 함께 달리다가 말을 놓아주었습니다. 말은 혼자서 마장을 한 바퀴 돌아왔습니다. 무수는 천천히 달리고 있는 말의 꽁무니를 따라 뛰었습니다.

"무수가 이제 표자마를 하려고 해!"

"마상재 최고의 기술, 표자마!"

무수는 드디어 말 꼬리를 잡았습니다. 말이 달리면서 머리를 돌려 뒤쪽을 힐금 보았습니다. 바로 그때 무수는 재빨리 땅을 박차고 몸을 반 바퀴 옆으로 날렸습니다. 아두시들이 숨죽여 바라보고 있었습니다. 무수는 털썩 말안장에 올라앉았습니다. 아두시들이 서로의 얼굴을 보면서 환호했습니다.

"와!"

"성공이야!"

아두시들은 한 마디씩 또박또박 끊어서 외쳤습니다.

"표! 자! 마!"

마상재를 다 마친 무수는 채찍을 쳐 달렸습니다. 말은 전력

질주를 했습니다. 마장 가장자리에 있는 목책으로 말을 몰았습니다. 한 길이나 되는 목책을 하늘로 솟구치듯이 훌쩍 뛰어넘었습니다.

"비월!"

또 한 바퀴 돌아와서는 큰 웅덩이를 날아 넘듯이 멀리 뛰어건넜습니다.

"제항!"

무수는 말을 몰아 아두시들 앞으로 왔습니다. 말에서 내리자 다들 둘러섰습니다. 꼭달이가 맨 먼저 입을 열었습니다.

"대단했어. 정말 멋졌어."

무수는 가쁜 숨을 몰아쉬며 대답했습니다.

"고마워요. 다 꼭달이님 덕분이에요."

하루하루 똑같은 일과가 이어지던 어느 날이었습니다. 해가 중천에 떠오를 무렵 지통 아이가 와서 전갈을 했습니다.

"정무수! 수령청으로 오랍신다!"

무수는 지통 아이를 따라갔습니다. 청사에 들어선 무수는 꾸벅 절을 했습니다. 서원이 무수를 수령청 상방(우두머리의 집무실)으로 안내했습니다. 병마절도사 유훈이 물었습니다.

"집에 가고 싶지 않으냐?"

무수는 어리둥절했습니다. 그 곁에 있던 병마우후 서예원이 환하게 웃으며 말했습니다.

"너의 신분이 회복되었다. 면천(노비 신분에서 풀려나 양민이 됨)되었다는 말이다."

"예에?"

"진주 관아에서는 물론이고 우리 병영의 노비 명부에서도 네 이름은 없어졌다. 당장 집으로 돌아갈 채비를 하거라."

'집으로 가라니? 집으로? 어머니가 계신 집으로?'

무수는 꿈이 아닌가 싶었습니다.

"3년에 한 번씩 너 같은 영노들이 무슨 죄를 짓고 여기에 들어왔는지 재조사를 실시한단다. 혹시 억울하게 종살이를 하고 있지는 않나 하고 말이다. 이번에 조사를 한 결과, 여러 해 전에 정자가 떠내려가 아이들이 죽은 사건에서 무수 네가 아무 죄가 없음이 밝혀졌느니라."

무수는 가슴이 뛰기 시작했습니다.

"내게 이런 날이 오다니, 이런 날이……."

서예원이 다가와 무수의 등을 두드려 주었습니다.

"이게 다 네가 매사에 노심초사하며 남다른 자질과 인품을 보인 까닭에 이루어진 일이다. 어서 가서 채비하거라."

무수는 군마청으로 돌아와 아두시들에게 소식을 알렸습니다. 아이들은 꿈같은 일이 일어났다면서 좋아했습니다. 꼭달이와 아두시들은 손으로 입을 가리고 무언가 일을 꾸몄습니다.

"그래, 그렇게 해 주자."

밤이 되어 아두시들은 더운물을 잔뜩 끓여서 물독에 채우고는 무수를 목욕시켜 주었습니다. 온몸의 때를 벗겨 주는 아이들의 마음 씀씀이에 무수는 눈물이 핑 돌았습니다.

"다들 고마워."

거의 뜬눈으로 밤을 지새운 무수는 아침 일찍 서예원이 보내 준 새 옷으로 갈아입었습니다. 온 병영을 돌며 궁장 박정천을 비롯한 여러 사람에게 인사를 했습니다.

군마청 아두시들이 등짐을 지고 초립을 쓴 무수를 목말 태웠습니다. 전령청에서 온 지통 아이들은 깃발이란 깃발은 다 들고 흔들면서 그 뒤를 따랐습니다. 멀리 병영의 정문이 보였습니다. 무수는 가슴이 벅차올랐습니다.

'어머니, 제가 드디어 집으로 돌아가요!'

6. 어른 몫을 해야 할 나이

김 씨가 마당에서 비질을 하고 있다가, 들어서는 사람을 보고는 깜짝 놀랐습니다.

"무수야?"

"어머니!"

"아이고, 무수야! 우리 무수가 돌아왔어!"

무수도 목이 메었습니다. 김 씨를 모시고 방으로 들어갔습니다. 키가 천장에 닿았습니다. 김 씨에게 큰절을 올렸습니다. 절을 받고 난 김 씨는 무수를 얼싸안고 눈물을 흘렸습니다. 한편으로는 부쩍 훤칠해진 아들의 모습이 대견스러웠습니다.

"병영 생활에 고초가 얼마나 컸니?"

"어머니께서 염려해 주신 덕분에 잘 지냈어요. 이것 보셔요. 몸도 좋아졌잖아요."

"그래그래. 무수야, 우리 모자 이제 헤어지지 말자꾸나."

"어머니, 이제부터는 소자가 어머니를 잘 모시겠어요."

무수가 어린아이 티를 벗고 어른이 다 된 것 같아서 김 씨는 흐뭇했습니다.

"대장!"

장옷을 쓴 여자아이가 서 있었습니다. 애복이였습니다.

"대장이 병영에서 나왔다는 소문이 파다해."

무수는 애복이를 데리고 집에서 나왔습니다. 두 사람은 남강 가 모래밭에 앉았습니다. 강물은 여전히 맑고 파랬습니다. 먼 하늘엔 햇발이 빠지고 있었습니다. 애복이가 말했습니다.

"고생 많았지?"

"고생은 무슨. 사람이 어떻게 살아야 하는지 잘 배우고 왔지 뭐."

"어른같이 말하네?"

무수는 애복이를 똑바로 보면서 말했습니다.

"애복아, 이제 우리가 만나서는 안 돼."

"왜?"

"나이도 있고 해서 사람들이 흉봐."

"흉보려면 보라지. 난 신경 안 써. 내 마음대로 할 거야."

"철없는 소리 그만 좀 해."

"싫어!"

애복이는 토라져서 가 버렸습니다. 무수는 한참 동안 그 자리에 앉아 있었습니다. 애복이가 아무것도 모르고 고집을 부려도 할 수 없는 일이었습니다. 이젠 허물없이 어울려서 놀 어린 아이들이 아니었습니다.

강물 속에서 물고기가 수면 위로 차오르곤 했습니다. 무수는 좌우를 둘러보았습니다. 낚싯대와 둥주리를 어깨에 메고 강가로 나오는 사람들이 있었습니다. 그들은 자리를 잡고는 낚싯대를 강물 속에 드리웠습니다.

한 사람이 팔뚝만 한 물고기를 낚아 올렸습니다. 다른 낚시꾼들이 그를 부러워했습니다. 무수는 가까이 다가갔습니다. 한참 동안 그들 속에 섞여 낚시하는 것을 구경했습니다. 낯섦이 어느 정도 가시자 무수는 물었습니다.

"낚시를 하려면 뭘 장만해야 하지요?"

그들은 하나하나 가르쳐 주었습니다. 한 사람이 말하면 다른 사람이 질세라 더 크게 떠벌렸습니다. 서로 다투듯이 알려 주는 낚시의 비법을 무수는 머릿속에 차곡차곡 넣었습니다. 그중 한 사람은 무수에게 낚싯대를 잡게 해 주었습니다.

"손맛을 직접 봐야 알지. 가만히 있다가 저 찌가 쏙 내려가면 탁 낚아채는 거야. 자, 기다리고 있다가…… 지금이야, 얼른 채어!"

낚싯대를 들어 올렸지만 물고기는 미끼만 물고 달아나고 없었습니다.

"그런 식으로 자꾸 하다 보면 되는 거야. 보기에는 쉬워 보여도 하루아침에 되는 일이 아니지."

무수는 물고기를 잡아서 어머니를 봉양하고 싶었습니다. 매일같이 간장 한 종지에 채소 반찬이 다였고, 며칠에 한 번꼴로 비지찌개 반찬이 상 위로 올라올 뿐이었습니다.

무수의 어머니 김 씨는 아끼고 모아서 나중에 자식을 위해 쓰겠다는 각오로 살아가고 있었습니다. 날마다 허기진 배를 움켜잡고 수십 리 길을 오가며 고된 소금 행상 일을 하는 어머니를 생각하면 무수는 가슴이 아팠습니다.

무수는 뒷산에 올라가 대나무를 쪄다가 장대를 만들어서 내려왔습니다. 대장간에 가서는 추를 사고 침구장이한테서는 낚싯바늘을 샀으며 방물장수가 오기를 기다렸다가 명주실 한 타래를 샀습니다. 명주실을 몇 겹으로 꼬아 낚싯줄을 만들었습니다. 찌는 갈대꽃과 오리 깃털을 묶어서 마련했습니다.

저물녘에 처음으로 강가에 자리를 잡고 앉았습니다. 바늘에 미끼를 꿰어 강으로 휙 던졌습니다. 이제 기다리기만 하면 되었습니다. 무수는 찌에서 눈을 떼지 않았습니다. 이윽고 찌가 흔들렸습니다. 무수는 얼른 낚싯대를 잡아챘습니다. 묵직한 느낌이었습니다. 타닥타닥하는 진동이 손으로 전해졌습니다. 낚싯대를 들어 올렸습니다. 줄이 팽팽해지며 대가 거의 반원으로 휘어졌습니다.

"월척을 낚은 거 아냐?"

낚시꾼들이 하나둘 다가왔습니다. 무수가 잡은 고기는 커다란 잉어였습니다. 사람들이 감탄했습니다.

"처음 낚은 게 월척이라니. 허허."

"대단한걸?"

무수는 잉어를 푹 고아서 어머니께 드릴 생각을 하니 마음이 설렜습니다. 더 잡을 욕심도 없었습니다. 잡은 잉어를 둥주리에 넣고 주섬주섬 낚싯대를 걷었습니다. 한 사람이 얼른 다가왔습니다.

"여보게. 내가 이 자리를 맡음세."

"그러셔요."

김 씨는 무수가 잡은 물고기로 반찬을 만들게 되어 좋았습니다. 무수는 힘든 일로 생계를 꾸려 가는 어머니를 몸보신시켜 드릴 수 있어 기뻤습니다.

무수는 날마다 해거름이면 강가에 나가 낚시를 했습니다. 유독 무수한테만 큰 물고기가 많이 잡혔습니다. 문짝만 한 잉어, 장독만 한 가물치, 절구통만 한 쏘가리, 물고기 종류별로 돌아가면서 걸려들었습니다.

김 씨는 매일같이 강에 나가 낚시만 하는 무수가 안타까웠습니다.

"무수야, 다시 서당에 나가 글공부를 해야 하지 않겠니? 글삯은 얼마가 들어도 이 어미가 감당할 수 있단다. 응?"

"어머니, 제가 서당에 다닐 나이는 지났어요. 공부를 더 깊이 하려면 향교나 서원에 나가야 하지만 그곳은 양반들만 가는 영역이에요. 집에서 글공부를 해도 돼요."

무수는 낚싯대를 메고 강으로 나갔습니다. 사람들이 기다리고 있었습니다.

"이보게. 가물치 한 마리만 잡아 주게. 응? 우리 마누라가 애를 낳고는 세이레가 지나도록 자리보전만 하고 있다네."

"나도 잉어 한 마리만 좀 잡아 주게. 값은 섭섭지 않게 쳐 줌세."

"자 자, 나는 말로만 하지 않겠네. 옜네. 선금으로 콩 한 되 일세. 메기든 가물치든 큰 놈으로 세 마리만 잡아 주게. 부탁하네."

무수는 당혹스러웠습니다. 받지 않으려 하니 떠넘기듯 놓아두고 가는 것이었습니다.

곡식을 들고 집으로 찾아오는 사람들도 있었습니다. 어떤 사람은 빈 물지게를 지고 와 물독에 물을 가득 채워 놓기도 했습니다.

무수는 도저히 그냥 있을 수 없었습니다. 사람들이 가져온 것들을 사립문 밖에 내다 놓고는 찾아오는 사람들에게 말했습니다.

"강물의 주인이 없는데 하물며 그 속에 있는 물고기의 주인이 따로 있겠습니까? 비록 제가 잡았다고는 하나 임자 없는 물건을 놓고 대가를 받을 수는 없습니다. 다들 갖고 온 것을 가지고 돌아가십시오. 물고기는 그날그날 잡히는 대로 골고루 나누어 드리겠습니다."

무수에 대한 평판이 달라졌습니다. 예전에 아이들을 죽게 만든 장본인이라는 굴레를 벗고, 가장 행실이 올바른 사내아이라는 칭찬이 쌓여 갔습니다. 어머니 김 씨의 위상도 높아졌습니다. 오나가나 아들을 잘 두었다는 찬사가 그치지 않았습니다.

집 밖에서 헛기침 소리가 났습니다.

"어험!"

호장 강세정이 찾아왔습니다. 무수는 공손히 선절을 했습니다. 집 안으로 들어선 강세정은 반쯤 옆으로 돌아서서 고개만 돌려 무수를 위아래로 훑어보았습니다. 무수가 물었습니다.

"호장 나리께서 어인 일로 오셨습니까?"

강세정은 데리고 온 서원을 시켜 기다란 나무 막대를 하나 주었습니다.

"호패다. 너도 이제 15세가 되었으니 수자리(군 복무)로 나아가든지 군포를 내고 보인(군대에 가지 않는 대신에 베를 내는 성인 남자)으로 있든지 해야 할 것이다.”

무수는 호패를 받아 들었습니다.

“그리고 무수 너는 왜 자꾸 우리 애복이를 만나느냐?”

“그게 저……."

“내가 그동안은 눈감아 주었다만 자꾸 만나면 이제 가만히 안 있겠다. 더는 두고 볼 수 없다는 말이다. 알아듣겠느냐?”

“찾아오면 잘 타일러 돌려보내겠사옵니다.”

“분명히 다짐하였다?”

강세정은 두루마기 자락을 휙 날리고는 돌아갔습니다. 무수는 호패를 들고 만지작거렸습니다. 어른이 되었다는 증명이었습니다.

“어른이라……."

강세정이 다녀간 이야기를 들은 김 씨는 단호한 표정이었습니다.

“무수야, 이 어미가 군포 아니라 뭐라도 낼 것이니 아무 걱정하지 말거라. 네가 그 어린 나이에 옥살이나 다름없는 병영의 종살이를 하다가 천신만고 끝에 돌아왔는데 또다시 수자리로 내보낼 수는 없다.”

무수는 난감했습니다. 수자리에 나아가지 않으려면 열여섯 달마다 정포(품질이 좋은 베) 두 필을 내야 하는데, 두 식구가 입에 풀칠하기 위하여 고생고생하며 행상을 다니는 어머니한테 의존할 수는 없는 노릇이었습니다. 이제 한 사람의 어른으로서 대접받는 나이가 되었으니 어른값을 하고 싶었습니다.

무수는 어머니와 상의했습니다. 김 씨는 소금 장사를 배우겠다는 무수의 결심이 못마땅했습니다.

"좋은 스승을 만나 글공부를 하는 것이 옳지 않겠느냐."

"글공부도 틈틈이 할 테니 걱정 마시어요."

무수는 장사를 배울 뜻을 굽히지 않았습니다. 김 씨는 무수의 간곡한 뜻을 못 이겨 허락하고 말았습니다. 다만 집에서라도 글공부를 계속한다는 조건을 달았습니다.

"내가 내일 나가면 행수(큰 가게 주인) 어른한테 말씀드려 보마."

이른 새벽에 다른 사람들보다 일찌감치 여각(큰 가게)으로 간 김 씨는 행수 이장휘에게 말했습니다.

"행수 어른, 말씀드리기 민망하오나 저희 아들놈이 소금 장사 일을 배우고 싶어 합니다. 혹시 여각에 일손이 필요하다면 행수 어른께서 좀 거두어서 일을 가르쳐 주십사 하고……."

"여각이야 일손이 늘 필요하오만. 그래 아들의 나이가 얼마나 되오?"

"올해 호패를 찼사옵니다."

"그렇다면 군역을 져야겠군. 수자리에 내보내지 그러오?"

"아이고, 그건 안 됩니다요. 병영에서 종살이를 한 것만 해도 서러운데 또 보내라니요. 그건 절대로 안 될 일이옵지요."

"잘 알겠소. 그러면 제 군포 벌이나 시키면 되겠소?"

"예, 행수 어른."

"어떤 일도 마다하지 않겠다는 약조를 한다면 보내 보오."

무수는 여각을 찾아갔습니다. 이장휘는 아이가 오려니 하였다가 어른 덩치의 무수를 보고 놀랐습니다. 무수를 찬찬히 살펴보았습니다. 장사꾼의 눈썰미가 빛났습니다.

"일을 하고 싶다고?"

"그러하옵니다. 행수 어른."

"뭘 할 줄 아느냐?"

무수는 마땅한 대답을 찾을 수 없었습니다. 무예를 익혔다거나 낚시를 잘한다고 할 수는 없는 자리였습니다.

"글을 조금 읽었사옵니다."

"글을? 어디까지 읽었느냐?"

"《소학》을 읽다가 그만두었사옵니다."

이장휘는 잠시 생각에 잠겼습니다. 그러더니 결정을 내렸습니다.

"우선 차인(허드렛일을 맡은 일꾼) 일을 보도록 하게."

무수는 온갖 잡일을 마다 않고 열심히 했습니다. 이장휘는 무수를 믿음직스럽게 여겼습니다. 그리하여 얼마 지나지 않아

무수를 장무(큰 가게의 지배인)로 삼았습니다. 무수는 장무가 되어서도 등짐꾼과 같은 아랫사람들을 함부로 대하지 않았습니다.

등짐꾼 이희춘이 말했습니다.

"젊은 장무 어른이 참 대단해."

"우리를 인격적으로 대해 주시니 얼마나 고마운 분인가."

"다른 여각의 장무들과는 비교가 안 되지. 암."

이장휘가 병석에 누웠습니다. 줄곧 기침을 해 대다가 간신히 멈췄는데 그의 안색이 좋지 않았습니다. 무수는 의원을 데려왔습니다. 의원은 이장휘를 진맥하고 기침 소리를 들었으며 가래를 관찰했습니다. 그러더니 약궤를 싸면서 눈짓으로 무수를 밖으로 이끌었습니다.

"앞으로 얼마 못 사실 걸세."

무수는 하늘이 무너지는 것만 같았습니다.

이장휘는 병석에서도 가르침을 내렸습니다.

"재물이 든 주머니를 닫고 있으면 칼을 든 도둑이 든다. 하나, 주머니를 열어 놓으면 고개를 숙이고 내미는 손이 있다. 너는 어느 쪽을 택하겠느냐?"

무수는 그 말뜻을 단번에 알 수 있었습니다.

"행수 어른의 깊은 가르침, 높이 받들겠사옵니다."

그때 어떤 사람이 여각 안으로 들어오면서 마치 종을 부르는 듯이 소리쳤습니다.

"이리 오너라! 이 행수 계시오!"

무수가 나가 보았습니다. 어딘가 모르게 낯익은 얼굴이 서 있었습니다. 설마 하면서 다시 바라보니 분명히 그가 맞았습니다.

"너는? 박수영!"

"정무수!"

박수영은 탁자 위에 엉덩이를 걸치고 앉았습니다. 무수는 순간적으로 화가 치밀었습니다.

"너, 이게 무슨 짓이야? 당장 일어서지 못해!"

"못 하겠다. 어쩔래?"

그때 무수 뒤에서 이장휘가 모습을 드러냈습니다.

"웬 소란이냐?"

"아, 이 행수. 오랜만이외다."

병색이 완연한 이장휘는 박수영을 보더니 두 손을 모아 예를 갖추었습니다.

"계장(계의 대표자) 어른 오셨사옵니까?"

무수는 어찌 된 일인가 하여 어리둥절했습니다. 이장휘는 무수에게 타이르듯이 일렀습니다.

"이분은 우리 염상계(소금 장사꾼들로 이루어진 계)의 계장 어른이시다. 공손히 인사 올리거라."

무수는 선뜻 말이 나오지 않았습니다. 이장휘가 나지막이 꾸짖듯이 말했습니다.

"뭘 하느냐! 속히 인사 여쭈라는데도!"

"소, 소인 장무 정무수라고 하옵니다."

"오냐. 내 너를 일찍부터 잘 알고 있었느니라. 이 여각에 신출내기가 하나 들어왔다길래 와 보았더니 바로 너였구나."

무수는 속이 끓어올랐지만 이장휘가 몸을 낮추고 박수영을 상전처럼 떠받드는 바람에 꾹 참았습니다.

"정무수, 정무수, 그 정무수가 여기 앉아 있다니. 으하하."

박수영이 웃음을 뚝 그치더니 안색을 바꾸어 무수에게 바짝 다가섰습니다.

"병영의 종놈으로 처박혀 있는 줄 알았더니 용케도 굴러 나왔구나. 내가 어렸을 적에는 네놈한테 번번이 당했다마는 이제는 상황이 다르다는 것을 알아야 할 것이다. 머잖아 내가 애복이와 혼인을 할 몸이라는 말씀이니라. 잘 알겠느냐? 으하하하!"

무수는 주먹을 불끈 쥐고 입을 윽다물며 서 있었습니다. 애복이와 혼인을 할 것이라는 말에 두 다리의 힘이 쭉 빠졌습니다. 무수는 기가 막혀 털썩 주저앉았습니다.

이장휘는 불편한 몸을 이끌고 멀리까지 따라가 박수영을 배

웅하고 돌아왔습니다. 그러고는 기다시피 하여 방으로 들어갔습니다. 곧이어 깊은 기침 소리를 토해 내기 시작했습니다. 무수는 이장휘가 얼마 살지 못한다는 것이 가슴 아팠습니다.

무수는 박수영에게 다친 마음을 가라앉히고 방으로 들어갔습니다. 이장휘가 무수의 손을 잡고 말했습니다.

"내겐 일가친척이 아무도 없다. 이 여각은 이제 네 것이다. 네 마음대로 경영해 보거라. 내 박복하여 평생 사람이 없더니 죽을 때가 되어서야 한 사람을 얻고 가는구나."

"행수 어른!"

이장휘는 마침내 숨을 거두었습니다. 무수는 슬픔을 딛고 여각 사람들과 함께 정성껏 장사를 지냈습니다.

여각을 물려받은 무수는 등짐꾼 이희춘을 장무로 삼았습니다. 그리고 그의 건의를 받아들여 지게에 지고 소금을 팔러 다니는 행상들에게 나귀를 빌려주었습니다. 행상들은 몇 배나 많은 소금을 나귀 등에 싣고 다닐 수 있었습니다. 여각과 행상들이 다 같이 이익이 늘었습니다. 무수는 차츰 소금 나귀를 늘려 나갔습니다.

행상들이 한입으로 말했습니다.

"세상 참 좋아지는구나."

"그렇고말고, 등짐을 지지 않고 장사를 할 수 있게 되다니."

7. 성취와 시련

애복이가 남장을 하고는 큰 말을 타고 아이종 걸이와 함께 여각을 찾아왔습니다.

"대장, 갓을 쓰니 멋있네!"

"나이가 되어서 쓴 거지 멋으로 쓰는 거 아냐."

"큰 장사꾼이 되었네. 장차 우리 아버지를 따라잡겠는걸?"

"무슨 일로 왔어?"

"반갑지도 않은 말투네?"

"시집은 언제 가?"

"시집? 내가? 누구한테?"

"강 건너에 정혼자가 있는 거 다 알아."

"박수영? 그놈을 말하는 거야? 참 나. 누가 그놈한테 시집을 간대?"

"그럼 아냐?"

"아냐! 어디서 별 이상한 소리를 다 듣고 있어, 정말."

"아니면 그만이지 소리는 왜 질러? 처자가 되었으면 좀 다소 곳해져야지 아직도 그러냐?"

"앞에 있는 사람에 따라 달라."

애복이는 잠깐 뜸을 들인 뒤 입을 열었습니다.

"대장에 관해서 진주 바닥에 소문이 다 났어. 참 자랑스러워. 하지만 대장이 까먹고 있는 게 있어."

"내가 뭘 까먹고 있다는 거야?"

"여러 사람이 높이 대접해 준다고 대장은 지금 우쭐해서 그 맛에 취해 있지."

무수는 갑자기 얼굴이 화끈거렸습니다.

"대장은 장수가 되겠다는 큰 포부를 잊고 있어. 내 눈에는 예전의 대장 모습이 아냐. 그저 일개 장사꾼에 지나지 않아."

애복이가 대놓고 얘기를 하니 무수는 남몰래 큰 죄를 지은 일이 들킨 것처럼 온몸이 후끈 더워졌습니다.

"머잖아 8월 한가위를 쇠고 나면 고성에서 향시(지방 무과 시험)가 열린대."

무수의 눈초리가 갑자기 움찔했습니다.

"내가 타고 온 말은 두고 갈게. 대장이 타든 소금 짐을 지우든 상관없어. 올가을이 지나면 돌려줘."

애복이는 아이종 걸이와 함께 걸어서 돌아갔습니다. 애복이의 이야기에 무수는 정신이 번쩍 들었습니다. 병영에 있을 때 여러 가지 무예를 배우고 익힌 기억을 떠올리자 온몸이 뜨거워졌습니다.

"그래, 지금부터 무과 시험 준비를 하는 거야!"

그날부터 무수는 밤이면 검술 연습을 하고 낮에는 틈틈이 궁술 연습을 했습니다. 또 기억을 떠올려 여러 가지 마상재를 새로 익혀 나갔습니다. 김 씨는 그런 아들이 대견했습니다.

"우리 무수가 이제야 제 갈 길을 가려는가 보구나."

고성에서 무과 향시가 열리는 날이었습니다. 무수는 접수처에 가서 이름을 등록했습니다. 서원이 패찰을 주었습니다. 한량(무과 시험 응시자)들에 대한 녹명이 다 끝나자 감독관이 나와서 시험 진행 과정을 설명했습니다.

곧이어 감독관이 한량들의 이름을 불렀습니다. 잠시 후 무수가 호명되었습니다. 목전(나무로 만든 화살), 편전(긴 대롱에 넣어서 쏘는 짧은 화살), 철전(쇠로 만든 무거운 화살)을 차례로 쏘았습니다.

그다음은 기사(말을 타고 달리면서 활을 쏘는 것)를 했습니다. 말을 세 번 달려 한 번은 앞에 있는 과녁을 쏘고, 두 번째는 옆으로 지나가며 쏘고, 마지막에는 뒤에 있는 과녁을 몸을 돌려 쏘았습니다.

무수는 마지막 과목의 시험이 열리는 격구장으로 갔습니다. 차례가 되어 갑옷을 입고 투구를 썼습니다. 등자의 길이를 조절한 다음 말에 올랐습니다. 한 손에는 장채를 잡고 다른 한 손에는 고삐를 잡았습니다.

"출마!"

감독관의 말이 떨어지기가 바쁘게 무수는 말을 달려 나갔습니다. 땅에 떨어져 있는 방울을 중심으로 세 바퀴 원을 그리며 돈 뒤에 장채로 떠서 앞으로 던졌습니다. 그러고는 다시 말을 달려갔습니다. 장채로 방울을 좌우로 굴려 가다가 구문으로 힘껏 쳐서 넣었습니다. 방울은 구문을 통과했습니다.

무수는 구문을 통과한 방울을 치면서 되돌아와 원래 놓여 있던 자리에 두었습니다. 그리고 처음 출발했던 자리로 돌아왔습니다.

"정무수 한량, 15점!"

무수는 무거운 갑옷을 입고도 규정된 자세를 다 갖추어 군더더기 없이 방울을 몰았습니다. 또한 방울을 보기 좋게 구문으로 통과시켰습니다. 격구 과목에서도 다른 모든 과목에서와 마찬가지로 만점을 받았습니다.

해가 넘어갈 무렵이 되어서야 한량들의 시험이 다 끝났습니다. 수백 명의 응시자 중에서 합격자는 모두 서른 명이었습니다. 맨 처음으로 호명된 무수는 앞으로 나아갔습니다. 경상 감사 유성룡이 향시에서 장원을 한 무수에게 합격 증서인 백패를 수여했습니다.

무수는 집으로 돌아와 김 씨 앞에 백패를 내어놓고 절을 올렸습니다. 김 씨는 눈시울을 붉혔습니다.

"장하구나. 참으로 장해."

무수는 애복이가 오기를 기다렸습니다. 애복이가 일깨워 줘서 이루어 낸 기쁜 소식을 전하고 싶었습니다. 하지만 애복이는 좀처럼 찾아오지 않았습니다.

"무슨 일이 있는 걸까? 시집갈 준비를 하고 있는 건 아니겠지?"

박수영은 무수가 고성 향시에서 장원을 차지한 성취를 두고 질투심에 사로잡혔습니다.

"여각의 행수에다 향시에 급제한 선달에……. 그놈의 기세를 꺾어 놓을 무슨 좋은 수가 없을까? 완벽한 올가미를 씌워야 하는데 말이야."

관아에서 나온 사람들이 갑자기 여각으로 들이닥쳤습니다. 형방의 명령을 받은 나졸들이 뛰어들어 여각을 이 잡듯이 헤집고 다녔습니다. 방에 있던 무수는 밖이 시끄러워서 나왔다가 즉시 그들에게 붙잡혔습니다.

"선달 정무수는 순순히 오라를 받거라."

나졸들이 달려들어 무수의 두 팔을 돌려 뒷짐을 지웠습니다. 오라로 손목을 먼저 묶은 뒤에 팔꿈치로 돌려 몸통으로 죄어 묶었습니다.

"내가 무슨 죄라도 지었단 말이오?"

무수는 항변했지만, 형방은 들은 척도 하지 않았습니다. 끌려간 무수는 진주 관아 동헌 앞에 꿇려졌습니다. 나졸들은 무수 앞에 은자와 비단을 던져 놓더니 잠시 뒤에는 소금 말통을 수북하게 쌓아 놓았습니다.

의자에 앉은 사또가 등채를 탁탁 치며 심문을 했습니다.

"네놈은 관아의 소금을 헐값에 넘겨받는 대신에 관원에게 뇌물을 주었겠다? 또한 매점매석을 하기 위하여 그 소금을 곳간에 감춰 두었고?"

"사또, 소인은 무고하옵니다."

"증거가 저렇게 있는데도 부인을 하다니!"

"사또, 누군가 무함을 한 것이옵니다."

"저놈이 그래도? 여봐라. 형틀을 대령하거라!"

나졸들이 형틀을 가져다 놓았습니다. 검은 두건을 쓰고 검은 동달이를 입은 형방 사령들은 태질을 할 버드나무 회초리며 길고 붉은 곤과 장을 널어놓았습니다.

"저놈이 이실직고할 때까지 곤장을 쳐라!"

형방 사령들이 오라를 벗긴 뒤에 무수를 형틀에 묶었습니다.
그러고는 곤장을 치기 시작했습니다.

"하나요!"

"픽!"

무수는 온몸의 피가 한순간 멈추었다가 거꾸로 흐르는 듯했
습니다. 엉덩이의 살점이 터져 나가는 것만 같았습니다. 무수
는 이를 악물고 참았습니다. 하지만 곤장이 더해지자 정신을
아련히 잃어 갔습니다.

"이놈이 실신했사옵니다."

사또는 축 늘어진 무수를 굽어보고는 호령했습니다.

"저놈의 재산을 모두 몰수하라. 그리고 별도의 명령이 있을
때까지 하옥하라."

아이종 걸이로부터 무수 소식을 전해 들은 애복이는 하얗게
질렸습니다. 무수를 만나야 한다고 생각했습니다.

"아씨, 손을 써 놓았사옵니다."

남장을 한 애복이는 걸이를 앞세워 관아로 갔습니다. 옥사가
있는 담벼락에 구멍이 나 있었습니다. 애복이는 걸이를 뒤따라
들어갔습니다. 감옥 안쪽을 살폈습니다. 어두워서 잘 보이지
않았습니다. 애복이는 떨리는 목소리로 나지막이 무수를 불렀
습니다.

"대, 대장!"

웅크리고 있는 사람이 움직이더니 옥간 앞으로 다가왔습니다. 꼴이 말이 아니었습니다. 애복이는 터져 나오는 울음을 가까스로 삼켰습니다.

'마음을 강하게 가져야 해.'

"대장, 괜찮아?"

무수는 아무 말 없이 애복이를 멀뚱히 쳐다만 보았습니다.

"괜찮은 거지?"

무수는 고개를 끄덕였습니다. 그러고는 감옥의 문살에 매달린 듯 앉아 있는 애복이의 손을 잡았습니다. 그 힘이 워낙 세어 애복이는 손이 다 으스러지는 것 같았습니다. 하지만 아픔을 참고 말했습니다.

"나를 잡은 이 손 놓지 마. 놓으면 죽어 버리겠어."

무수는 부르튼 입으로 간신히 말했습니다.

"나, 나도 죽어……."

"대장이 왜 죽어? 안 죽어! 내가 살려 낼게. 기다려. 알겠지?"

무수는 고개를 떨궜습니다.

"대답해. 영원히 내 손을 안 놓겠다고."

그때 옥졸들이 기침을 하며 다가왔습니다. 걸이는 애복이에게 이제 나가 봐야 한다는 눈치를 주었습니다.

"어서 대답해!"

무수는 애복이의 손을 놓았습니다.

"대답해 달라고!"

무수는 걸이에게 이끌려 나가는 애복이에게 말했습니다.

"그, 그래. 안 놓을게."

며칠 뒤 무수는 풀려났습니다. 그간 높은 산과 깊은 골짜기 구석구석까지 성실히 소금을 날랐고, 그로써 백성들의 살림을 도운 공적을 감안하여 특별히 방면하니 진주를 떠나 멀리 가라는 것이었습니다.

동헌 밖으로 던져지다시피 한 무수는 주먹을 꽉 쥐고는 집을 향하여 기었습니다. 졸지에 집을 잃은 김 씨는 갈 데가 없어 대문 옆 담벼락에 기대어 앉아서 오들오들 떨고 있었습니다. 멀리서 사람이 기어 오자 신들린 듯이 일어났습니다.

"무수? 우리 무수 아니냐? 무수야!"

김 씨는 울면서 만신창이가 된 무수를 부둥켜안았습니다.

"어, 어머니!"

무수는 달려온 김 씨 품에 안겼습니다. 큰 몸이 한없이 작아지는 것만 같았습니다.

거지꼴이 된 어머니의 모습이 안쓰러워 고개를 돌렸습니다. 터져 나오는 울음을 겨우 참았습니다. 어머니는 고개를 돌리지 않았습니다. 온통 누더기가 된 아들을 귀한 비단처럼 꼭 안았습니다.

8. 임금이 내린 이름

무수는 진주에서 더 이상 살 수 없게 되었습니다. 소금 장사를 할 때 이희춘이 가 보고 와서 살기 좋은 고장이라고 했던 상주를 떠올렸습니다. 상주는 경상 감영이 있는 영남 제일의 도회지였습니다. 무수는 진주보다 더 큰 고을인 상주에서 처음부터 다시 시작하고 싶었습니다. 그리하여 어머니를 모시고 상주로 향했습니다.

배를 타고 낙동강을 거슬러 오르는 동안 애복이와 나누었던 대화가 생각났습니다.

"대장, 우리 헤어지지 말자."

옥사에 갇혀 있을 때 찾아와서 했던 말도 떠올랐습니다.

"내 손을 놓지 마."

무수는 사람의 인연이 꼭 최종의 결과만을 뜻하는 것은 아닐 것이라고 믿었습니다. 짧았든 길었든 함께 지냈던 시간만큼도 소중한 인연이라고 생각했습니다.

박수영도 떠올랐습니다. 그 나쁜 놈을 생각하면 당장이라도 돌아가서 요절을 내고 싶었습니다. 하지만 무수는 곧 고개를 저었습니다.

'복수는 그들뿐만 아니라 나도 망하는 길이다. 앙갚음하려고 들면 못 할 것도 없겠지. 분풀이를 하고 나면, 속이야 잠깐 후련하겠지만 곧 후회할 것이다. 그들이 못나서 그런 걸 군이 똑같은 짓을 해서 내가 뭘 얻을 수 있단 말인가?'

무수는 또 생각했습니다.

'이기려고 들면 왜 못 이기겠는가. 그런데 이기고도 일신을 망친다면 오히려 지는 길이 아니겠는가. 이기는 것은 심히 어려운 일이라서 심신의 힘을 많이 써야 하지만, 지는 것은 쉬운 일이다. 내 자존심을 접으면 되는 것이니 얼마나 쉬운 일인가.'

자존심을 접는 것은 굴욕이 아니라고 생각했습니다.

'작은 자존심을 세우려다가 일신을 망치는 것이 더 큰 굴욕이 아니겠는가. 큰 자존심을 세우고 살면, 작은 자존심 따위에는 연연하지 않게 된다. 그리하면 비록 큰 사람은 못 된다 하더라도 그에 근접하지는 않겠는가.'

긴 뱃길 끝에 눈이 번쩍 뜨이는 광경이 나타났습니다. 강가에 큰 도회지가 펼쳐져 있었습니다. 나루에는 강배와 나룻배가 어림잡아 백 척이 넘게 정박해 있었습니다. 나루 뒤로는 기와 집과 초가집이 빽빽이 들어서 가옥은 수백 채가 넘어 보였습니다. 집집이 내걸린 형형색색의 청렴(주막에 세우는 깃발)은 마치 물결치듯이 바람에 나부끼고 있었습니다.

배에서 짐을 져 내리는 등짐꾼, 머릿짐을 이고 오가는 사람들, 나루터 멀리 백사장을 뛰어다니는 아이들, 강가에 길게 장사진을 친 듯이 늘 지어 앉아 빨래를 하는 아낙들까지, 난생처음 보는 풍경이었습니다.

무수는 번잡한 낙동 나루를 지나 한적한 무임포에 내렸습니다. 어디로 갈까 잠시 고민하다가 거기서 가까운 흔곡 고을에 터를 잡았습니다.

새로운 삶의 터전에서 김 씨는 행상을 하고 무수는 나루터에 나가 고기잡이배를 타며 생계를 꾸려 갔습니다. 무수는 틈틈이 글공부를 하고 궁술과 검술을 연마했습니다. 그리하여 문무겸전의 실력을 갖추어 갔습니다.

무수는 상주에서도 친구들을 사귀었습니다. 하루는 친구들과 함께 갑장산으로 나들이를 갔습니다. 산 입구에서부터 계곡은 경치가 빼어났습니다. 거슬러 오른 지 얼마 되지 않아 정자가 나타났습니다. 정자 아래 계곡에는 그늘대(차양 막)가 펼쳐져 있고 그 안에는 먼저 온 친구들이 옹기종기 앉아 있었습니다.

정경세가 일어나서 말했습니다.

"예로부터 벗을 사귐에 있어서는 세 가지 잊을 것이 있다고 하였소. 첫째는 망년지교이오. 벗을 사귐에 있어 나이를 헤아리지 않고 서로 사귄다는 말이오. 둘째는 망금지교이오. 벗을 사귐에 있어 빈부를 따지지 않는다는 말이오. 마지막 셋째는 망관지교이오. 벗을 사귐에 있어 서로의 신분을 돌아보지 않는다는 말이오."

친구들은 다 동감하며 고개를 끄덕였습니다.

해가 질 무렵에 무수는 친구들과 헤어져 집으로 돌아왔습니다. 어머니 김 씨가 집 안으로 들어서는 무수를 보더니 얼른 다가와 팔을 이끌었습니다.

"진주 강 호장 어른이 찾아와서 자네를 기다린 지 오래되었네."

무수는 뜻밖의 일이라 놀랐습니다. 옷매무새를 고치고는 방 안으로 들어갔습니다. 강세정이 멋쩍은 웃음을 지었습니다.

"내가 이거, 주인도 없는 방에 들어와 있어서 미안하네."

무수는 절을 올린 뒤에 강세정과 마주 앉았습니다. 강세정의 입에서 무슨 말이 나올지 궁금했습니다. 강세정은 잠시 머뭇거리더니 군기침 끝에 입을 열었습니다.

"내 지난 일들은 모두 자네에게 진심으로 사과하겠네."

무수는 어안이 벙벙했습니다.

"여보게. 나를 용서해 달라는 말은 아닐세. 다만 우리 애복이,

우리 애복이를 자네가 좀 거두어 주게. 내 그간 자네가 어찌 사는가 사람을 놓아서 여러 차례 탐문을 하였네. 양반들과도 당당하게 친교를 맺고 지낸다고 들었네. 참으로 장하네. 내가 한때 박수영 같은 나쁜 놈에게 눈이 멀어 자네 같은 큰사람을 알아보지 못하였네."

강세정은 다가앉으며 무수의 손을 잡았습니다. 무수의 손이 마치 넓적한 돌판 같았습니다.

"날을 가려 진주로 와서 애복이를 데려가 주겠나?"

무수도 강세정의 손을 맞잡았습니다.

"그러겠사옵니다."

무수는 진주로 갔습니다. 가슴에 잔잔한 파문이 일었습니다. 애복이가 너무 반가운 나머지 펄쩍 뛰어 안기면 어쩌나 싶었습니다.

진주 제일의 부호답게 강세정의 집터는 넓었으며, 담장은 높고 대문은 컸습니다. 강세정은 무수를 반갑게 맞이했습니다. 곧이어 별당에 있던 애복이가 왔습니다.

"난 단 한 번도 변절한 적 없어. 내가 사랑하는 사람은 오직 대장이야."

"나도 그래."

두 사람은 얼싸안고 재회의 눈물을 흘렸습니다.

"자, 우리는 어서 혼례 채비를 합시다."

강세정과 아내 최 씨는 집안사람들끼리 간략하게 치르자는 무수와 애복이의 청을 들어주었습니다. 마침 애복이 생일이 다가오고 있어 혼례는 그날 밤에 촉석루에서 올리기로 결정했습니다.

애복이는 금입사 용무늬를 새긴 은비녀와 떨잠을 머리에 꽂았고, 얼굴에는 희고 얇은 비단을 드리웠으며, 무지갯빛 치마 저고리를 입었습니다. 가슴에는 노리개를, 허리에는 백단향이 든 붉은 비단 주머니를 드리우고, 구름무늬를 수놓은 운혜를 신었습니다.

애복이와 마주 선 무수는 동백기름을 발라 잘 틀어 올린 상투에 옥동곳을 꽂았고 망건 위에는 금풍잠을 달았습니다. 검은 갓에 칠보로 엮은 구슬꿰미를 늘어뜨렸습니다. 푸른 명주로 지은 두루마기를 입었고 술띠에는 푸른 마리사기를, 또 용을 새긴 은방울 두 개를 달았습니다. 속곳 허리춤에는 사향이 든 푸른 주머니를 찼으며 신은 삼색 미투리를 신었습니다.

두 사람 사이에는 높은 교례상이 놓여 있었습니다. 상 위에는 산 기러기 두 마리, 물 한 그릇, 실 한 타래, 쌀 그릇이 차려져 있었습니다. 하늘에는 별이 총총히 빛나는 밤이었습니다.

혼례 집사가 써 온 것을 읽었습니다.

"삼가 천지신명께 아뢰나이다. 갑진년 10월 27일, 곤양인 선달 정무수와 진주인 처자 강애복이는 삼생의 인연이 오늘에 이르러 혼례를 근행하고자 하옵나이다.

선달 정무수는 천성이 강직하여 늠름한 기상을 갖추었고, 처자 강애복이는 타고나기를 순수하고 올바르니 두 사람이 신명의 가호를 받아 부부의 혼례를 치르며 백년가약고자 하옵니다. 천지신명은 부디 굽어살펴 주옵소서."

집사는 두 사람에게 옥잔에 든 한 잔 술을 나누어 마시게 하고, 이어서 서로 두 번 절하게 했습니다. 이희춘이 울고도리(소리가 나는 화살)를 남강으로 쏘았습니다.

"삐이이익!"

화살이 밤하늘 높이 날아올랐습니다.

혼례를 마친 뒤에 처가에서 며칠을 보낸 무수는 애복이와 함께 상주로 돌아왔습니다. 김 씨는 애복이를 며느리로 반갑게 맞이해 들였습니다. 무수는 열심히 무과 과거 시험 준비를 하였고 애복이는 시어머니를 극진히 봉양하면서 화목하게 살았습니다.

애복이는 마시장에 가서 말을 한 필 사서 돌아왔습니다. 무수는 휘파람을 불어 그 말을 솜씨 좋게 조련했습니다. 말의 이름을 '화이'라고 붙여 주고는, 무경칠서(일곱 가지 무과 시험 책) 공부를 하는 틈틈이 화이를 타고 달렸습니다. 화이는 명마의

위용을 갖추어 갔습니다.

상주 관아 남문 담벼락에 방이 나붙었습니다. 곧 별시가 열린다는 내용이었습니다. 별시는 나라에 경사가 있을 때 실시되는 임시 과거 시험을 말합니다.

한양으로 간 무수는 광화문 앞 육조 거리에 있는 병조로 가서 신원 증명서를 제출하고 성명 삼 자를 등록했습니다. 그러고는 안으로 들어가서 뜰에 쳐진 그늘대 아래에 앉아 차례를 기다렸습니다. 금란관(과거 시험장의 혼란을 막기 위해 두었던 임시 벼슬)이 사령들을 대동하고 삼엄하게 경계를 하고 있었습니다.

이윽고 서원이 나와서 이름을 불렀습니다.

"상주에서 온 정무수 선달!"

무수는 과거 시험장 안으로 들어갔습니다. 앞서 들어간 여러 한량이 각자 자리에 앉아 강경(책 내용을 묻고 대답함)에 응하고 있었습니다. 무수는 시험관 앞으로 가서 공읍(서서 두 손을 모으고 허리를 굽히는 절)을 하고는 그 앞에 놓인 의자에 앉았습니다. 서탁에 놓인 가느다란 향대에서 연기가 한 줄기 피어오르고 있었습니다.

무수는 시험관이 묻는 족족 대답을 척척 했습니다. 공부를 열심히 했기 때문에 모르는 것이 하나도 없었습니다. 단 한 번도 막힘없이 줄줄 답변하는 것을 보고 시험관은 무수를 눈여겨보았습니다.

무수는 시험을 끝내고 밖으로 나왔습니다. 결과가 발표 나려면 많이 기다려야 했습니다. 종루(종각)가 있는 시전 거리로 갔습니다. 한양에 온 김에 어머니 김 씨와 애복이의 방물(여자가 쓰는 화장품이나 장신구 같은 물건)이나 하나씩 살까 했습니다.

종루를 한가운데에 두고 시전은 동서남북 사방으로 웅대하게 펼쳐져 있었습니다. 팔도에서 나는 산물이란 산물이 각색전마다 수북이 쌓여 있었습니다. 오가는 사람들로 갓이 부딪히고 어깨가 치이며 발등이 밟힐 지경이었습니다.

방물전에 들러 참빗과 작은 손거울을 샀습니다. 무수는 그만 돌아다니고 싶어 쉴 곳을 찾았습니다. 시전 거리는 온통 장사치와 오가는 사람들로 붐벼서 마땅한 곳이 없었습니다.

종루 앞으로 돌아오니 사람들이 난간에 기대어 앉아 있었습니다. 마침 기둥 앞에 빈자리가 있었습니다. 무수는 이희춘과 그 자리를 차고앉았습니다. 가을볕이 내리쬐어 따뜻했습니다. 여러 시험관 앞에서 긴장하여 강경 시험을 치르고, 또 인산인해인 시전 거리를 돌아다니느라 몸이 피곤했습니다. 얼마 지나지 않아 졸음이 쏟아지기 시작했습니다. 하품이 절로 나왔습니다.

"아아!"

무수는 화이를 타고 달리고 있었습니다. 화이는 점차 속도를 높였습니다. 스르르 옆구리에서 날개가 돋아났습니다. 그러더니 날아오르기 시작했습니다. 무수는 화이가 용마가 된 것을 알고 놀랐습니다.

그런데 화이는 거기서 그치지 않았습니다. 날면 날수록 몸이 점차 변하더니 그대로 커다란 푸른 용이 되었습니다. 무수는 용의 등을 타고 까마득히 높이 날고 있었습니다. 문득 자신의 몸도 용으로 변하는 것을 느꼈습니다. 화이는 어디론가 사라지고 한 마리 푸른 용이 되어 하늘을 날고 있었습니다. 그때 사방에서 붉은 용, 누런 용, 검은 용, 흰 용 등 여덟 마리 용이 날아올랐습니다. 용들은 점차 무수 주변으로 모여들었습니다. 마치 진을 펼친 듯이 다 함께 날기 시작했습니다.

임금이 눈을 떴습니다.

"으음. 기이한 꿈이로다. 잠깐 졸았을 뿐인데 생생한 꿈 한 편을 꾸다니."

도승지(임금의 비서실장)가 아뢰었습니다.

"낮잠에 어인 꿈을 꾸셨사옵니까?"

"지금 곧 승전내관(임금의 명령을 전하는 내시)을 종루에 보내어 무슨 일이 있는지 알아 오너라."

승전내관이 바삐 다녀와서는 임금에게 아뢰었습니다.

"전하, 시골에서 올라온 한 한량이 시자를 데리고 종루 기둥에 기대어 졸고 있었을 뿐 다른 일은 없었사옵니다."

"그래? 그 한량의 차림이 어떠하더냐?"

"중갓을 쓰고 허리에는 푸른 술띠를 매고 있었사옵니다."

"그래? 바로 그자로다. 그 한량을 속히 데리고 오라."

졸고 있던 무수는 갑자기 내금위(임금의 친위 부대) 군사들이 에워싸자 깜짝 놀라 깼습니다. 승전내관이 말했습니다.

"그 선달은 속히 따르시오."

무수는 군사들에게 앞뒤로 둘러싸인 채 대궐로 들어갔습니다. 무슨 영문인지 알 수 없었습니다. 승전내관이 대전 앞에서 무수에게 일러 주었습니다.

"소리를 내지 말고 걸으시오. 들어가거든 상감마마께 네 번 절을 하고 몸을 돌리고 서 있어야 하오."

상감마마라는 말에 무수는 등줄기에 땀이 주르륵 흘러내렸습니다. 아무 말도 할 수 없었고 아무런 생각도 할 수 없었습니다.

임금은 일월오악도 큰 병풍을 뒤로하고 용보에 앉아 있었습니다. 환히 밝혀 놓은 밀촉 불빛에 임금이 입고 있는 십이장 자황포(열두 가지 무늬를 수놓은 황적색의 임금 옷)와 머리에 쓴 익선관(매미 날개를 닮은 임금의 모자)이 장엄하게 빛나 방바닥까지 온통 눈부셨습니다.

절을 올리고 난 무수는 고개도 들지 못한 채 서 있었습니다. 임금은 무수의 용모를 찬찬히 살폈습니다. 무수는 기골이 장대했습니다. 목은 굵고 어깨는 넓었으며 두 다리는 두리기둥처럼 서 있었습니다.

"고개를 들어 보아라."

무수는 숙이고 있던 머리를 조금 들었습니다. 중갓 아래로 짙고 큰 눈썹이 나 있었습니다. 두 눈은 크고 부리부리했으며 횃불처럼 빛났습니다. 코는 우뚝하였고 꽉 다문 입은 굳세 보였습니다.

"네 성명 거소가 어찌 되느냐?"

"예, 전하. 신은 상주에서 살고 있는 정무수라고 하옵니다."

"한양에는 어인 일이더냐?"

"무과 별시에 응시를 했사옵니다."

"그래?"

임금은 무수의 시권(시험 답지)을 가지고 오게 했습니다. 성적을 살펴보더니 하문했습니다.

"네가 종루 기둥에 기대어 졸고 있었다고 들었다. 꿈을 꾼 것은 없느냐?"

무수는 꿈꾼 것을 그대로 아뢰었습니다. 임금은 무수의 말을 듣는 동안 줄곧 감탄하며 신기하게 여겼습니다. 무수가 말을 마치자 임금이 웃음 띤 용안(임금의 얼굴)으로 윤음(임금의 말씀)을 내렸습니다.

"내 너와 똑같은 꿈을 꾸었으니 이 어찌 드물고도 드문 일이 아니겠느냐?"

그러고는 시립해 있는 도승지에게 말했습니다.

"여봐라, 과인(임금이 스스로를 일컫는 말)이 저 한량에게 새로이 이름을 내리고자 하노라."

임금은 잠시 생각하더니 붓을 들어 써 내렸습니다. 사람들은 숨을 죽였습니다. 어필(임금의 친필)은 웅장하고 위엄이 있었습니다. 임금은 쓴 것을 무수에게 하사했습니다.

"이무기가 떨쳐 일어나 용이 되어 승천한다는 뜻이다. 이후로 너의 이름을 기룡이라 하라."

이어서 임금은 무수에게 십련보검을 내렸습니다. 십련보검은 열 번이나 접어서 단련한 보기 드문 명검입니다. 새 이름과 명검을 하사받은 무수는 임금에게 큰절을 네 번 올렸습니다.

"성은이 망극하옵니다."

그때부터 무수는 기룡으로 이름을 바꾸었습니다. 정무수에서 정기룡이 된 것입니다.

9. 불타는 호랑이 전법

흉흉한 소문이 끊이지 않고 나돌고 있었습니다. 백성들은 불안에 떨었습니다. 은값과 쌀값은 전에 없이 치솟았습니다. 종루가 있는 시전 거리에는 문 닫는 가게가 하나둘 늘어 갔습니다.

"한양 한복판에 빈 가게가 다 생기다니."

"도읍이 생긴 이래로 있을 수 없는 괴이한 일일세."

"곧 병란이 날 것이라는데 그 말이 사실일까?"

"그런 무지막지한 소문이 아무런 근거도 없이 나돌고 있겠나?"

"그렇다면 나도 보따리를 싸 두어야겠군."

백성들이 불안해할 무렵, 정기룡은 쪼그리고 앉아 총통을 살펴보며 화약에 대해 논의하고 있었습니다. 그때 갑자기 훈련원 담 너머로 큰 소리가 들려왔습니다.

"난리가 터졌다!"

"왜적이 쳐들어왔다!"

조선을 침략한 일본군 선봉장 고니시는 최신식 무기인 조총으로 무장한 부대를 앞세웠습니다. 부산포를 지키고 있던 첨사 정발과 동래를 지키고 있던 부사 송상현이 차례로 전사했습니다. 밀양에서는 부사 박진이 힘겹게 싸우다가 물러났습니다.

어느 조선군도 막강한 고니시의 조총 부대를 막지 못했습니다. 설상가상으로 가토가 부산포에 상륙했습니다. 그러고는 곧장 기장 울산 경주 쪽으로 전진했습니다. 또 구로다와 모리는 김해 쪽으로 침입했습니다. 일본군 수만 명이 경상도의 세 갈래 길을 통해 한양을 향해 거침없이 북상하기 시작했던 것입니다.

양반에게 불만을 품고 있던 백성들 중에서 일본군에 빌붙는 사람들이 생겨났습니다. 그들을 '부왜'라고 불렀습니다. 부왜는 일본군 장수를 새 상전으로 떠받들며 그들의 앞잡이 노릇을 하며 길을 인도했습니다.

박수영이 부왜의 우두머리가 되어 있었습니다.

"으하하하, 이제 나의 세상이 왔구나!"

그는 일본군 장수 도다의 부대를 이끌고 상주를 향해 갔습니다.

조정은 뒤늦게 왜적의 침략 소식을 듣게 되었습니다.

"설마 했던 일이 기어이 일어나고 말았구나."

임금은 장수들을 경상도로 내려보내기로 하고 일본군을 물리칠 군사를 모집했습니다. 하지만 자원하는 사람은 드물었습니다.

"왜군의 조총이 화살보다 빠르다며?"

"철환이 날아오는 것이 눈에 보이지도 않는다는구먼."

"활과는 달리 왜군이 지치지도 않고 수백 발씩 쏘아 댄다며?"

"그런 왜적이 수십만이래."

"그러니 괜히 나갔다가는 개죽음만 당하지."

훈련원 봉사(종8품 벼슬) 정기룡은 마땅히 왜적과 싸우러 가야 한다고 생각했습니다. 그는 방어사 조경의 휘하에 배속되어 선봉 돌격장의 임무를 부여받았습니다.

조경이 말했습니다.

"우리는 추풍령에서 왜적을 막아야 한다."

정기룡은 추풍령에 도착해 곳곳을 둘러보았습니다. 백성들이 황급히 피난하면서 버린 말과 소가 야산에 돌아다니고 있었습니다. 정기룡은 징발권을 발동했습니다. 징발권은 전쟁이 났을 때 백성들의 물건을 강제로 동원할 수 있는 권한입니다.

"야산에 흩어져 있는 말과 소를 다 잡아 오라."

군사들은 임자 없이 흩어져 있는 소와 말을 잡아먹는 줄 알고 신이 나서 달려갔습니다.

수십 필의 말과 소를 잡아끌고 진중으로 돌아왔습니다. 조경을 비롯한 장수들도 고기 맛을 볼 기대에 차 입맛을 다셨습니다.

하지만 정기룡은 잡아 온 말과 소를 그냥 매어 두기만 했습니다. 그런 뒤 군사들을 두 패로 나누어 명령을 내렸습니다.

"너희는 지금부터 섶(땔나무)을 3백 단 만들라. 그리고 다른 한 패는 비어 있는 고을로 가서 집집마다 남아 있는 겨울 이불을 뜯어내고 목화솜을 거둬 오라. 그 역시 3백 근은 되어야 한다."

군사들은 어리둥절했지만 시키는 대로 했습니다. 정기룡은 군사들이 만들어 놓은 섶과 거둬 온 목화솜에 기름을 부어 적셨습니다. 의병장 장지현이 다가와 물었습니다.

"뭣에 쓰려는가?"

"두고 보면 아시게 될 것이옵니다. 부탁이 한 가지 있사옵니다. 나리의 의병 중에는 사냥꾼들이 많은 줄 아옵니다. 그들이 입고 있는 표범 가죽과 범 가죽을 다 모아 주옵소서."

"그건 또 뭘 하려고?"

"병서에 적혀 있는 병법은 누구나 다 아는 것이 아니옵니까? 아무도 예상하지 못한 방법을 병법으로 써 보려고 하옵니다."

"그렇지. 병서에 없는 작전을 고안해 내야 적이 전혀 예상하지 못하지."

장지현은 휘하의 사냥꾼들이 입고 있는 표범 가죽과 호랑이 가죽을 다 거두어 정기룡에게 주었습니다. 정기룡은 또 횃불을 수백 자루 만들게 했으며, 산비탈 좌우에 있는 계곡을 향해서는 빨랫돌만 한 큰 돌을 골라 높고 길게 돌담을 쌓았습니다. 채비를 다 마친 뒤에는 적의 형편을 철저히 정찰하고 경계를 삼엄하게 했습니다.

정기룡은 화약군을 이끌고 있는 장사 노함에게 물었습니다.

"비격진천뢰를 설치할 수 있겠는가?"

"예, 나리. 나뭇가지에 매달아 놓겠사옵니다."

노함은 산비탈에 있는 높은 나뭇가지마다 비격진천뢰를 매달고 도화선을 아래로 길게 늘어뜨려 놓았습니다.

정기룡은 장사 이희춘에게 말했습니다.

"왜군이 오늘 밤에 반드시 기습해 올 것이다. 먼저 해 질 녘에 군사를 더 넓게 벌려 배치해, 수백 곳에서 젖은 나뭇가지로 밥을 지어 먹게 하여 밥 짓는 연기를 십 리에 뻗치도록 하라. 그러면 우리 군사가 수만이나 되는 것처럼 보일 것이다."

이희춘은 일찌감치 밥을 먹인 군사들은 초저녁부터 잠을 자게 하고, 나머지 군사들도 배불리 먹인 뒤에 산마루가 이어지는 곳에 장사진을 치게 했습니다.

군사들은 한 사람이 횃불 다섯 자루씩 불을 켜고 지켰습니다. 고갯마루에서 좌우로 길게 이어지는 산등성이에는 수천 자루의 횃불이 불야성의 장관을 이루며 마치 석양의 하늘을 다사를 듯이 타올랐습니다.

김천 벌판에서 진을 치고 있던 일본군 사령관 구로다가 온 천지를 밝히는 듯한 불빛을 바라보며 부장에게 물었습니다.

"저게 뭔가?"

"허장성세가 아니겠사옵니까? 군사가 많다면 구태여 저렇게 기세를 과시할 필요도 없지요."

"으음, 그대의 말이 옳다. 밤이 깊어지면 닌자 부대를 앞장세워 야습을 감행하라."

"하이(네)!"

밤이 이슥해졌습니다. 정기룡은 전령을 돌아다니게 해 초저녁에 잠재운 군사들을 일제히 깨웠습니다. 횃불은 이미 다 꺼졌고 천하는 어둠의 고요 속에 잠겼습니다.

검은 옷을 입고 검은 복면을 쓴 수백 명의 일본군 닌자들이 두 손과 두 발을 땅바닥에 짚고 디디며 산비탈을 기어오르기 시작했습니다.

밑동 굵은 나무를 만나면 돌아가고 큰 바위가 가로막으면 기어 넘었으며 땅에 붙은 덩굴을 부여잡고 헤쳐 올랐습니다. 그들이 가는 곳이 길이었습니다. 그들 뒤로는 조총 부대, 장창 부대, 장검 부대가 따랐습니다.

정기룡은 군사들을 깨워 소리 없이 무장시켰습니다. 고개 아래쪽에서 파수를 보고 있던 군사 하나가 장막 안으로 달려들었습니다.

"왜군이 기어서 올라오고 있사옵니다."

정기룡은 일본군이 산비탈 중턱까지 기어오르도록 내버려 두었습니다. 닌자들은 조선군 진영이 잠에 곯아떨어진 것으로 여기고 비탈을 오르는 속도를 높였습니다. 얼른 기습을 감행하고 싶은 마음이 간절했습니다. 바로 그 순간이었습니다.

"쾅!"

정기룡의 명령에 따라 조선군에서 황자총통을 한 방 쏘았습니다. 가죽 날개를 단 화살 모양의 굵고 긴 철탄인 피령전 하나가 산 아래로 날아갔습니다.

그때 고갯마루에서 커다란 호랑이 한 마리가 꼬리에 불을 달고 나타나 산비탈로 내닫기 시작했습니다. 사실은 호랑이가 아니라 범의 가죽을 쓴 황소였습니다. 황소는 불이 붙은 솜뭉치가 꼬리 쪽으로 타들어 가자, 뜨거워 이리저리 뛰어 내달았습니다. 불은 꼬리에서 등에 지고 있는 섶단에 옮겨붙었습니다. 황소는 등짝까지 뜨거워지자 미친 듯이 날뛰었습니다. 황소가 뜨거움을 떨쳐 내느라 뛰면 뛸수록 불은 더 맹렬히 타올랐습니다.

"저게 뭐야?"

"괴, 괴상한 호랑이다!"

일본군은 불붙은 괴물 같은 짐승을 바라보며 넋을 잃었습니다. 다리는 황소인데 머리는 뿔 달린 범이었습니다. 게다가 온몸이 거대한 불덩어리였습니다. 그런 짐승이 한 마리가 아니었습니다. 산마루 너머에서 또 한 마리가 나타나 달려 내려오고 있었습니다.

"세상에 저런 괴물이 다 있다니!"

"불타는 호랑이야!"

"조선에만 있는 짐승인가 보다!"

캄캄한 어둠 속에서 불덩어리가 된 뿔 달린 호랑이들이 온 비탈을 날뛰며 돌아다녔습니다. 일본군은 이리 피하고 저리 피하면서 큰 공포에 휩싸였습니다.

정기룡은 황소와 말의 꼬리에 불을 붙여 잇달아 내보냈습니다. 괴상한 짐승이 한두 마리가 아니었습니다. 점점 내려오는 수가 많아졌습니다. 일본군은 괴물이 떼 지어 내려올지도 모른다는 더 큰 공포심에 사로잡혔습니다.

수십 마리의 괴물이 꼬리로부터 불을 내뿜더니 어느새 온몸이 불덩어리가 되어 타올랐습니다. 그것을 직접 두 눈으로 목격한 일본군은 산마루에서 수백 수천 마리의 불덩어리 괴물이 넘어오고 있는 것만 같아 아연실색이 되었습니다.

불붙은 황소와 말이 날뛰자, 나뭇가지에 늘어뜨려 놓은 도화선에 불이 옮겨붙었습니다.

"펑, 펑, 퍼퍼펑!"

높은 곳에 매달아 놓은 비격진천뢰가 터지기 시작했습니다. 비격진천뢰 안에 있던 수많은 마름쇠가 하늘에서 쏜 탄환처럼 쏟아져 내렸습니다. 일본군은 피하지도 못하고 겁에 질린 채

갈팡질팡했습니다.

미처 날뛰는 불덩어리 짐승으로부터 불이 옮겨붙거나 밟혀서 죽고, 머리 위에서 터져 대는 비격진천뢰의 파편에 맞아 죽고⋯⋯. 우왕좌왕하던 일본군은 기습은커녕 싸움다운 싸움도 한 번 못 해 보고 발길을 돌려 달아나기 시작했습니다.

정기룡의 명령을 받은 조선군은 두 번째 신호용 포를 쏘았습니다.

"쾅!"

정기룡은 화이에 올라 십련보검을 높이 들고 우레와 같은 음성으로 외쳤습니다.

"가자! 나를 따르라!"

유격대를 선봉으로 조선군은 총공격을 했습니다. 일본군은 산비탈 아래로 달아나다가 조선군이 가까이 추격하자 좌우로 뿔뿔이 흩어져 양쪽 계곡으로 들어갔습니다. 계곡에는 일본군 후발대가 매복하고 있었습니다. 달아나던 일본군은 매복군과 합세하여 다시 올라오기 시작했습니다.

조선 군사들은 더 이상 추격하지 않고 계곡 쪽에 쌓아 둔 돌담을 무너뜨렸습니다. 누런 호박만 한 돌덩이들이 맹렬히 굴러 떨어져 내렸습니다.

일본군은 머리통이 깨어지고 팔다리가 부러졌습니다. 서로 부딪혀 넘어지고 밟고 달아나다가 급기야 계곡 아래로 몸을 던지는 일본군도 있었습니다. 그들은 물가 바위에 떨어져 최후를 맞이했습니다.

"와, 우리가 이겼다!"

"일본군이 막강하다는 것은 뜬소문이었다!"

"조총도 별것 아니다!"

일본군은 낮과 밤에 연속으로 전멸하다시피 패퇴하여 수천 명을 잃었습니다. 일본군 사령관 구로다는 분을 참지 못했습니다.

"총공격을 준비하라! 이번에는 내가 직접 지휘할 것이다!"

그러고는 이를 으물었습니다.

"정기룡, 이놈!"

구로다는 모리와 함께 4만 명이나 되는 일본군을 거느리고 있었습니다.

"조선군은 고작 1천이다. 수십 배나 많은 군사로 저들을 이기지 못한다면 모조리 목을 칠 것이다. 선봉을 가리지 말고 전군이 총진격할 태세를 갖추라."

일본군이 온 산을 뒤덮으며 비를 뿌리듯이 조총을 쏘며 올라오기 시작했습니다. 워낙 그 수가 많아 눈 감고 쏘는 철환에도 조선의 군사들은 우연히 맞아 다 쓰러질 것만 같았습니다.

군사들이 겁을 집어먹고 활을 쏘는 손을 덜덜 떨었습니다. 정기룡은 군사들의 사기를 높이는 일이 급선무라고 생각했습니다. 아무 망설임도 없이 화이를 채쳐 달려 나갔습니다.

"이랴!"

유격대가 그 뒤를 따랐습니다. 앞장서 나아간 정기룡은 산비탈을 내려오다가 하늘 높이 솟구쳐 적진 한가운데로 뛰어내렸습니다. 정기룡은 보검을 번개처럼 휘둘러 눈 깜짝할 사이에 일본군 50여 명을 작살냈습니다. 정기룡이 종횡무진하자 일본군은 자기편이 맞을까 봐 조총을 쏘지 못하고 이리저리 휩쓸려 다녔습니다.

일본군이 우왕좌왕하는 사이에 방어사 조경이 휘하의 군사들에게 명령을 내렸습니다.

"중군, 돌격하라!"

군사들이 모두 달려 나간 뒤, 조경은 근위병 몇 명과 서 있었습니다. 일본군이 옆길로 올라와 측면 공격을 시작했습니다. 앞쪽 산비탈과 양옆 계곡에서 올라오는 일본군의 공격을 받은 조선군은 당황하여 무너져 갔습니다.

조경과 근위병들은 풀숲에 숨어 있었습니다. 기어 올라오고 있던 일본군 세 명을 발견하여 활을 쏘아 두 명을 사살했습니다. 그때 또 다른 숲에서 닌자들이 나타났습니다. 닌자들은 단검으로 근위병을 찔러 죽이고, 조경의 허리를 찔러 말에서 낙상시켰습니다.

그러고는 그들의 진영으로 끌고 갔습니다. 일본군 하나가 장검을 뽑아 들고 조경의 목을 치려고 하자 주위에 있던 다른 일본군이 말렸습니다.

일본군이 칼을 높이 들고 망설이고 있는 틈을 타 조경은 얼른 일어나 그를 꽉 껴안았습니다. 일본군은 조경을 떼어 놓으려 애를 썼지만 덩치 큰 조경의 힘에 눌려 꼼짝도 못 했습니다. 지켜보던 다른 일본군이 달려들어 조경의 손가락을 단검으로 끊어 버렸습니다.

"으악!"

조경은 일본군을 껴안은 팔을 풀고 털썩 주저앉았습니다. 세 손가락이 한 마디씩 끊어져 있었습니다. 조경은 피가 뚝뚝 떨어지는 손을 바라보며 흐느꼈습니다.

바로 그때 누군가가 벼락같이 소리치며 달려오고 있었습니다. 마치 일진광풍이 이는 듯했습니다.

"이놈들!"

정기룡이었습니다. 근처에서 싸우고 있던 정기룡은 조경의 말만 남아 있는 것을 보았습니다. 조경을 찾아 돌아다닌 끝에 멀지 않은 곳에서 일본군에 둘러싸인 조경을 발견한 것이었습니다.

일본군이 정기룡에게 조총을 쏘았지만 엉겁결에 발사하는 것이라 단 한 발도 맞힐 수 없었습니다. 정기룡은 화이를 달려 깊은 구덩이를 뛰어 건넜고 높은 바위를 뛰어넘었습니다. 가로막으려던 일본군들이 정기룡이 휘두른 칼날에 짚단처럼 쓰러졌습니다.

정기룡은 몸을 숙여 한 팔로 조경의 허리를 감아 들고는 겨드랑이에 꼈습니다. 다른 한 손에 든 보검으로 모여드는 일본군을 베었습니다. 그 모습을 본 나머지 일본군은 마치 전쟁의 신과 같은 정기룡의 위풍에 눌려 덤비지도 못했습니다.

"아, 내 손가락!"

조경의 말에 정기룡은 포위를 뚫고 나오려다 말고, 다시 말 머리를 돌려 조경이 꿇어앉아 있던 자리로 갔습니다. 잘린 손가락 세 마디가 땅에 떨어져 검붉게 변해 있었습니다. 정기룡은 말에서 내려 보검을 땅에 꽂았습니다. 그러고는 잘린 조경의 손가락을 주워 품에 넣었습니다. 한쪽 팔로는 여전히 조경을 끼고 있었습니다.

정기룡은 땅에 꽂아 두었던 보검을 뽑아 들고 다시 말에 올랐습니다. 그때 이희춘이 군사를 거느리고 다가왔습니다. 이희춘은 정기룡의 주위를 맴돌며 소용돌이치듯이 일본군을 무찔러 반경을 넓혀 나갔습니다. 그러다가 가장 약한 곳을 집중적으로 쳐서 길을 열고 빠져나왔습니다.

조경은 오른손 손가락이 세 개나 끊어졌고 옆구리도 찔린 상태였습니다. 응급 처치를 받았지만 더 이상 지휘를 할 수 없었습니다. 조경은 경상 감사 김수에게 지휘관의 권한을 넘겨주었습니다. 김수는 그 자리에서 정기룡에게 명령을 내렸습니다.

"자네는 방어사 영감을 모시고 이곳을 떠나게."

"소관은 여기 남아서 왜적과 싸우겠사옵니다. 다른 사람을 보내시옵소서."

정기룡이 가지 않으려고 하자 의병장 장지현이 타일렀습니다.

"이보게, 정 유격. 방어사 영감을 모시는 것도 전투의 승리 못지않게 중요한 일일세. 이곳의 뒷일은 우리에게 맡기고 어서 떠나게."

정기룡은 김수의 명령과 장지현의 당부를 뿌리칠 수 없었습니다.

"하오면 소관은 이만."

정기룡은 휘하 군사들과 함께 조경을 호위하여 남쪽으로 출발했습니다.

10. 상주성을 탈환하라

    정기룡 일행은 구례로 갔습니다. 구례 현감 조사겸은 조경을 맞이하여 극진히 보살폈습니다.

    경상 우병사 김성일이 명령을 내렸습니다.

    "정기룡을 상주 가판관(임시 판관)으로 삼노니, 속히 가서 상주를 탈환하도록 하라."

    정기룡은 곧장 길을 떠났습니다. 김천을 지나 상주 경계가 되는 공성 고을에 이르렀습니다. 일본군이 어디에 얼마나 있을지 알 수 없었습니다. 정기룡은 상주성이 점점 가까워지자 더 이상 전진한다는 건 무리라고 판단했습니다.

    그래서 험준한 갑장산에 올랐습니다. 계곡을 따라 올라가니 정자가 나타났습니다. 예전에 친구들과 모임을 했던 자리였습니다. 정자에 들어 흐르는 계곡물을 바라보았습니다. 정경세가 삼망지교를 설파했던 일이 떠올랐습니다.

정기룡은 산길을 한참 올라갔습니다. 산꼭대기 바로 아래에 있는 영수암에 임시로 진영을 구축했습니다. 그러고는 사방으로 휘하의 군사들을 보냈습니다.

정경세가 일본군의 눈을 피해 상의군 의병장 김각과 이준, 전식 등 옛 친구들과 함께 왔습니다. 정기룡은 그들을 안으로 들였습니다. 좌우로 나누어 자리 잡고 앉자, 한가운데에 앉은 정기룡이 입을 열었습니다.

"감사또께서 소관에게 상주성을 탈환하라는 막중한 소임을 맡기셨소."

김각이 맨 먼저 입을 열었습니다.

"용맹무쌍하신 정 판관께서 부임해 오셨으니 우리 상주로서는 참으로 다행한 일이오만 성을 되찾는 것은 서두를 일이 아니외다."

이어 이준과 전식이 말했습니다.

"우선 군사가 턱없이 부족하네. 무기는 말할 것도 없고."

"군사를 불러 모으기도 쉽지 않네. 민심이 조정을 이반하여 말이 아닌 데다가 부왜까지 들끓는 판이니."

"더구나 상주 목사도 달아나 숨은 지 오래라오."

정기룡은 놀라며 물었습니다.

"그러면 목사또는 지금 어디에 있소이까?"

"화북 용화 고을에 깊이 숨어 있소. 목민관이라는 작자가 백성을 버리고 맨 먼저 달아나 숨었으니 그자가 어디 사람이겠소?"

"그 바람에 상주성 백성들도 너 나 할 것 없이 모두 따라가 피난하였다 하오."

정기룡은 김각이 하는 말을 곧이듣지 않았습니다.

"목사또께서 피신한 데에는 그만한 사정이 있겠지요. 어찌 되었거나 모셔 와야 하지 않겠소? 소관도 목사또의 지휘를 받아야 하는 몸이니."

사람들은 하나같이 마뜩잖은 표정을 지었습니다.

"왜 그런 얼굴들이시오?"

"정 판관께서는 그간의 일을 몰라서 그러시나 본데 목사또는 민심을 다 잃었소."

"그렇다 하더라도 본관과 같은 아랫사람들이 체계를 잡고 있으면 목사또가 제자리를 찾을 것이고 민심도 돌아올지 모르는 일이 아니겠소?"

"아니오. 백성을 버리고 달아난 목민관은 이미 자격을 잃었소. 만약 그자를 다시 데려다가 상석에 앉힌다면 이내 후회할 것이오."

의병들이 완강히 거부하는데도 정기룡은 뜻을 굽히지 않았습니다.

"그건 사사로운 감정이오. 조정이 목사또의 벼슬을 거둔 일이 없다면 그분은 아직 우리 상주의 수령관이시오. 유능하다면 우리가 모시고 따르면 될 일이고, 무능하다면 잘 받들어 보필하면 될 일이 아니겠소?"

정기룡은 기어이 용화 고을로 가서 피신해 있는 상주 목사 김해를 구출해 왔습니다. 그리고 또 백화산 아래에 있는 중모현에서의 싸움에서도 일본군 3백여 명을 무찔렀습니다. 정기룡이 이끄는 조선군이 연전연승했다는 풍문이 빠르게 퍼져 나갔습니다. 의병에 참여한 사람들이 전투에서 공을 세워 신분이 높아지게 될 것이라는 말도 나돌았습니다.

이희춘은 정기룡을 따르는 장사들을 영수암 아래쪽에 있는 넓은 대나무 숲에 불러 모았습니다. 원을 지어 둘러앉은 사람들은 각자 가져온 무기를 매만지며 결의를 다졌습니다.

"머잖아 상주성을 칠 것일세. 그에 앞서 우리의 결기를 다짐하는 뜻에서 이 자리에서 맹약을 맺도록 하세. 다들 어떤가?"

이희춘의 말에 장사들은 입 모아 외쳤습니다.

"좋소!"

"그럼 우리 8장사를 뭐라고 부르면 좋겠는가?"

"감사위가 어떤가? 죽기를 감수하는 호위대라는 뜻이네."

"썩 좋은 이름일세. 감사위!"

"우리의 구호는 '감사'로 하겠네."

"감사!"

"죽음을 감수하자!"

정기룡은 상주성 공격을 더는 늦출 수 없다고 판단하여 각 의병장들과 8장사를 영수암으로 불러들였습니다. 작전을 면밀히 세우기 위해서였습니다. 영수암에 모여든 사람들은 저마다 한마디씩 했습니다.

"아무리 끌어모아도 남녀노소를 다 합쳐서 고작 4백 명 정도이니, 이로써 어찌 성안에서 조총으로 무장한 왜군 수천 명을 대적하겠소?"

"관군이 오기를 기다려야 할 것이오."

두 쪽으로 의견이 나뉘었습니다. 관군을 기다려 훗날을 도모하자는 쪽과 당장 상주성을 공격하자는 주장이었습니다. 뒷줄에 앉아 있던 덩치 큰 사람이 일어섰습니다. 그는 커다란 물박달나무 몽둥이를 짚고 괄괄한 음성을 냈습니다.

"소인 여대세라고 하오. 싸우고자 하는 사람은 이 자리에 남고, 싸우기 싫은 사람은 돌아가면 그뿐이오. 목숨을 바쳐 나라를 구하고 우리 상주를 구하자는 마당에 왈가왈부할 것이 어찌 이리도 많단 말이오!"

다들 숙연해졌습니다. 정기룡이 말했습니다.

"긴 겨울을 앞두고 백성이고 의병이고 다 양식이 떨어져 굶어 죽게 생겼소. 상주성 공격을 더는 늦추어서는 안 된다고 보오. 의병이 할 몫이 있는 것처럼 노인과 부녀자도 그들대로 할 몫이 있을 것이오. 이번 싸움에 우리 상주의 운명이 걸려 있으니 더 이상 편이 갈라지는 일은 없었으면 좋겠소."

정기룡은 역할을 분담시켰습니다.

"거사 일은 이달 23일로 하겠소. 그 전날까지 상의군은 관솔 횃불을 수백 자루 만드시오. 창의군은 긴 나무 막대기를 수백 자루 깎아 오시오. 그리고 8장사는 힘닿는 데까지 세모난 방망이를 만들도록 하시오."

거사 전날 밤이 되자 사방에서 갑장산으로 사람들이 모여들었습니다. 정경세 등 상의군이 1백여 명, 이축 등 창의군이 1백여 명이었습니다. 노인 부녀자 어린아이 등도 수백 명이나 되었습니다.

감사위 장사들이 장창을 세우고 디딤돌 좌우로 늘어선 가운데 정기룡은 영수암 댓돌에 나와 큰 소리로 말했습니다.

"들으오! 어떤 사람들은 전쟁은 없어야 한다고 하오! 아니오! 그것은 그른 말이오! 전쟁이 없어야 하는 것이 아니라 전쟁을 일으키지 말아야 하는 것이오! 그 어느 나라도 남의 나라에 침략 전쟁을 일으켜서는 안 된다는 말이오!

오늘 우리는 전쟁이 없어야 한다고 목소리를 높이면서 비겁하게도 전쟁을 피하려는 것이 아니오! 오히려 전쟁을 일으킨 쥐새끼와 같은 무리를 쓸어 버리려고 여기에 모였소! 또한 그

런 쥐새끼를 따라다니는 따라기들, 저 쥐따라기 개따라기와 같
은 부왜놈들도 함께 처단해야 할 것이오!"

수백 명이 동시에 함성을 터뜨렸습니다.

"와아아!"

정기룡은 더욱 큰 목소리로 외쳤습니다.

"언제까지 미친병에 걸린 쥐 떼 개 떼 같은 저것들을 두고 볼
것인가!"

"처단하자!"

"쳐 죽여 없애자!"

"왜놈들의 씨를 말리자!"

의병과 백성은 용기백배하여 사기가 하늘을 찌를 듯했습니
다. 정기룡은 마지막 남은 곡식과 비상식량인 곶감을 다 풀어
사람들을 배불리 먹였습니다.

정기룡은 밤에 몰래 창의군 군사를 이끌고 상주성 북쪽 얼음
창고 담벼락으로 갔습니다. 그리고 관솔 횃불 서너 개를 하나
로 묶은 것과 굵고 긴 나무를 서쪽 사직단 담장 아래까지 번갈
아 늘어세웠습니다.

정경세를 비롯한 친구들을 시켜 성의 남쪽에 있는 항교산 구
월봉 꼭대기에 마른나무를 많이 쌓아 두게 했습니다. 싸움에
직접 나서지 못하는 부녀자들을 모아 징과 꽹과리와 북을 들려
성의 서쪽에 있는 정자 부근에 매복시켰습니다.

상의군 의병 1백여 명은 세모난 방망이를 들고 성의 동쪽에 있는 화개봉 아래에 몸을 감추고 있도록 했습니다. 마지막으로 늙은이와 어린아이에게 패를 지어 주어 북천 위쪽 빙촌(얼음을 보관하는 빙고가 있는 고을)에 진을 치게 했습니다.

만반의 준비를 끝낸 정기룡은 감사위 장사들에게 명령을 내렸습니다.

"서문 돌격장은 김세빈 장사와 정범례 장사, 남문은 노함 장사와 정개룡 장사, 북문은 최윤 장사와 여대세 장사가 맡도록 하게. 나머지 장사들은 나를 따르도록 하고."

"예, 판관 나리!"

이희춘이 물었습니다.

"동문은 누가 맡사옵니까?"

"왜적의 퇴로를 그쪽으로 터 줄 것이네."

"달아날 길을 열어 준다는 말씀이옵니까?"

"사방에서 막는다면 발악을 할 것이네. 그리되면 백성들의 사상(죽고 다침)이 적지 않을 것일세."

이희춘은 돌아서서 불만스럽게 입을 삐죽거렸습니다.

"죽기를 각오한 마당인데……."

바람의 방향이 어느새 북풍으로 바뀌었습니다.

"바로 이때다!"

정기룡의 신호를 받아 정자 근처에 모여 있던 부녀자들이 일제히 북을 치고 나팔을 불었습니다.

"둥둥둥! 삘릴리리!"

상주성의 서쪽과 북쪽 담벼락에 쌓아 놓은 관솔 횃불이 일제히 타올랐습니다. 정기룡은 손에 큰 횃불을 든 채, 화이를 타고 달렸습니다. 불길이 더 거세지도록 미처 불이 옮겨붙지 못한 관솔 횃불에 불을 붙였습니다. 드디어 불이 크게 붙어 올라 커다란 불 너울이 하늘까지 뻗쳤습니다.

서쪽 정자에서 치는 북, 징, 꽹과리 소리가 천지에 가득 울렸습니다.

"두둥둥둥! 광광광광! 꽹꽤꽹꽤꽹!"

장사 노함은 성의 남문 홍치루를 향하여 설치해 놓은 화포에서 촉천화(하늘에 닿을 듯이 멀리 쏘는 포탄)를 쏘았습니다.

"펑!"

포탄은 정통으로 문루에 맞아 남문이 산산이 부서져 내렸습니다. 그것을 지켜본 장사 정개룡이 돌격 명령을 내렸습니다.

"가자!"

그와 때를 같이하여 고함이 일제히 터져 나왔습니다. 남문으로 쳐들어간 의병들은 달려 나오는 일본군과 대적했습니다.

서문에서는 장사 김세빈과 정범례가 불타 무너진 담 너머로 진격해 들어갔습니다. 왜장 아마노가 일본군을 이끌고 맞섰지만, 불에서 나온 화마와도 같은 조선군에 질려 슬슬 눈치를 보며 뒷걸음질 쳤습니다.

"둥둥, 둥둥, 둥둥……."

공격을 알리는 북소리에 장사 최윤은 단숨에 북문을 깨뜨리고 돌격했습니다. 상투에 동여맨 새끼가 꼿꼿이 섰습니다. 철궁에 철전을 먹여 쏠 때마다 일본군이 꼬꾸라졌습니다. 장사 여대세가 그에 뒤질세라 물박달나무 몽둥이를 휘둘러 댔습니다. 붕붕 소리를 낼 때마다 일본군은 쓰러져 갔습니다. 북문 쪽을 지키고 있던 왜장 고다마는 장검을 들고 잠시 여대세에 대적하다가 포기하고 달아나 버렸습니다.

"자, 이제 우리 차례다. 가자!"

서정에 있던 부녀자들은 두려움을 무릅쓰고 모두 줄지어 서서 상주성을 향해 전진했습니다. 하늘을 무너뜨릴 것만 같은 북소리와 징 소리, 귀를 찢어 놓을 듯한 꽹과리와 태평소 소리가 점점 가까워졌습니다.

칠흑같이 어두운 사방에서는 세찬 불길이 타오르고 있어 조선군이 도대체 얼마나 되는지 그 숫자를 가늠할 수 없었습니다.

일본군은 난생처음 당하는 지옥 같은 광경에 두려워 허둥지둥하면서 제 살길 찾기에 바빴습니다. 부왜들도 이리저리 활로를 찾아 헤맸습니다. 박수영은 일본군 사령관 도다의 곁에 바짝 붙어서 탄식했습니다.

"아, 여기서 내가 죽겠구나."

장사 노함이 비격진천뢰에 불을 붙여 도다가 있는 관아 쪽으로 던져 넣었습니다. 잠시 후 쾅쾅, 폭발하는 소리와 함께 일본군의 비명이 들려왔습니다. 노함은 일본군이 허둥지둥하는 틈을 타 굳게 잠긴 문짝을 향하여 불화살을 날렸습니다. 문짝에 불이 붙어 활활 타올랐습니다. 하지만 좀처럼 부서져 내리지 않았습니다.

한편, 관아 내삼문 앞에서는 치열한 공방전이 벌어지고 있었습니다. 그 문이 뚫리면 전세는 회복이 어려웠기에 일본군은 죽을힘을 다해 조선군을 막고 있었습니다. 조선군 의병들은 도다를 잡아 공을 세우기 위해 점차 더 많은 수가 몰려들었습니다.

"포 놓는다!"

노함은 크게 외치는 동시에 내삼문을 향하여 천산오룡전(화약통을 단 화살 다섯 발을 동시에 쏘는 포)을 발사했습니다. 큰 불화살 다섯 발은 철탄자처럼 날아가 문짝을 수십 조각을 내어 버렸습니다. 그 바람에 일본군은 뒤로 물러났습니다.

"와!"

문 안으로 의병들이 쏟아져 들어갔습니다. 상의군, 창의군 그리고 백성들까지 큰 해일처럼 밀어닥쳤습니다. 의병장 정경세와 돌격장 이축이 도다를 쫓았습니다.

"저기 있다!"

도다는 청유당 지붕 위에 있었습니다. 맨발로 지붕과 지붕

사이를 훌쩍 뛰며 동쪽으로 달아나기 시작했습니다. 박수영도
그 뒤를 따라 도망치고 있었습니다.

"쫓아라!"

"저놈들 잡아라!"

다른 곳과는 달리 오직 관아 동문에만 불길이 없었습니다.
일본군과 부왜들은 동문을 활로로 여겨 달아났습니다. 조선군
은 그림자처럼 뒤쫓았습니다.

일본군이 도다를 보호하며 동문을 나서는 순간이었습니다.
화개봉 아래에 숨어 있던 상의군 1백여 명이 동문 밖 밤나무
숲으로 와 있다가 동시에 들고 일어났습니다.

"쳐라!"

달아나던 일본군과 부왜들은 소스라치게 놀라며 발길을 돌
리려 했습니다. 하지만 이제 달아날 길은 없었습니다. 일본군
과 부왜들은 의병들이 닥치는 대로 마구 휘두르는 방망이에 맞
아 터지고 깨지며 무참히 죽어 갔습니다. 동문 밖은 지옥을 방
불케 했습니다.

넘어진 일본군의 시체가 서로 포개어져 쌓인 것이 이루 셀
수 없었습니다. 사방에 핏물이 흘러 큰비가 내린 것처럼 온 땅
바닥이 철벅거렸습니다. 도다와 박수영은 맞아 죽었는지 어디
로 사라졌는지 알 수 없었습니다.

"와아! 이겼다!"

"우리 손으로 왜적을 물리쳤다!"

"드디어 복수를 했다!"

"와아아! 와아아!"

상주 백성들의 환호 소리는 그칠 줄 몰랐습니다.

11. 아, 애복아!

진주에서 살치(심부름꾼)가 왔습니다. 강세정이 위독하다는 소식이었습니다.

"슬하에 자식은 아씨 마님뿐인지라……."

애복이는 몸종 걸이와 함께 진주로 갔습니다.

"아버지!"

병석에 누워 있던 강세정은 딸 애복이를 보고는 기운을 차리려고 했습니다.

"나는 괜찮다. 걱정하지 말거라. 너를 보니 다 나은 것만 같구나."

그 무렵 일본군 총사령관 우키타는 소강 중이던 전쟁을 재개할 속셈으로 희생양을 물색했습니다.

"진주를 총공격해서 지난날의 원한을 풀도록 하라!"

진주성이 위험에 처했다는 소식이 알려졌습니다. 각지에서 진주성을 지키기 위해 백성들이 죽음을 무릅쓰고 의병에 자원했습니다. 개중에는 정기룡이 영노로 있었던 병영의 궁장 박정천과 정기룡의 어릴 적 친구 순치도 있었습니다.

드디어 일본군의 공세가 시작되었습니다. 진주 목사 서예원이 외쳤습니다.

"쏴라!"

사수(활을 쏘는 군사)들은 일제히 활을 쏘아 댔습니다. 성 밑으로 몰려들던 일본군은 쏟아지는 화살에 맞아 쓰러져 갔습니다. 일거에 수백 명을 잃은 일본군은 주춤하다가 슬금슬금 후퇴했습니다. 사수들은 함성을 지르며 기개를 드높였습니다.

일본군은 초저녁에 다시 침공했습니다. 이번에도 성안 조선의 군사들은 죽을힘을 다해 막아 냈습니다. 일본군은 밤이 깊어서야 물러갔습니다. 또다시 쳐들어왔다가 물러나기를 밤새도록 반복했습니다.

"이놈들이 우리를 지치게 할 속셈이로구나."

일본군은 성의 동쪽에서 대대적으로 공격과 후퇴를 반복하는 한편, 서북쪽에 있는 도랑의 물꼬를 터 물을 다 빼고는 마른 흙을 날라 도랑을 메워 밟아 가며, 성벽 아래에 큰길을 만들었습니다. 그런 뒤에 성벽 바로 밑을 파서 성벽을 지탱하고 있는 큰 돌들을 빼냈습니다.

성벽이 무너질 위기에 처하자 성안 군사들은 성벽 아래로 활을 쏘고 돌멩이를 수없이 던졌습니다. 일본군은 죽어 가면서도 물러나지 않고 쉼 없이 땅을 파냈습니다.

"오물을 부어라!"

조선 군사들은 성 위에서 똥오줌이 섞인 걸쭉한 오물을 퍼부었습니다. 그제야 일본군은 더 견디지 못하고 뒷걸음질 쳤습니다.

일본군이 작전에 따라 의도적으로 일진일퇴를 거듭하자, 성안의 조선 군사들도 힘겨워질 수밖에 없었습니다. 일본군은 여러 군대가 번갈아 쳐들어왔다가 물러났기에 그 기세가 누그러짐이 없었습니다. 특단의 대책이 없다면 진주성은 얼마 버티지 못하고 함락될 수밖에 없는 위기에 처했습니다.

이틀 동안 공격과 후퇴를 거듭하던 일본군은 진주성을 세 겹으로 포위하고는 무언가를 만들기 시작했습니다. 성벽 높이에 버금가는 대나무 사다리와 임시 누각이었습니다. 그 위에는 수십 명이 딛고 서는 발판을 만들었습니다. 또 동문 밖에는 토산을 높이 쌓아 갔습니다. 그 위에서 성을 내려다보며 조총을 쏠 계책이었습니다.

조선군은 그에 마주하여 성안에 높은 흙 언덕을 쌓았습니다. 군사들뿐만 아니라 장수들도 몸소 흙을 져 날랐습니다. 부녀자들까지 치마에 흙을 담아 토단을 구축하는 일을 도왔습니다. 그리하여 하룻밤 만에 큰 언덕을 하나 만들었습니다.

날이 밝았습니다. 일본군 조총수들이 토산 위에 올라 성안을 내려다보고서 조총을 수없이 쏘아 퍼부었습니다. 조선군은 흙 언덕 위에 올라가 현자총통을 쏘았습니다. 총탄과 포탄이 오간 것이 여러 시간이었습니다. 쉴 새 없이 포탄을 맞은 일본군 토산이 마침내 와르르 무너져 내렸습니다. 토산 위에 있던 일본 군과 기어오르던 일본군이 떨어져 구르며 흙더미에 파묻혔습니다.

조선군의 사상자도 적지 않았지만 성을 지켜 냈다는 생각에 백성들은 또다시 안도의 한숨을 내쉬었습니다. 군사들도 백성들도 다 지쳐 파리한 가운데 또 밤이 찾아왔습니다. 성안은 적막마저 감돌았습니다.

"애, 애복아! 이 아비를 용, 용서……."

여러 날 병마와 싸우던 강세정이 끝내 숨을 거두었습니다.

"아버지!"

애복이는 오열했습니다. 걸이도 입 속 울음을 터뜨렸습니다. 한창 일본군과 싸우는 중이라 장사지낼 겨를이 없었습니다. 애복이는 강세정의 시신을 집 안 뒤꼍에 고이 묻었습니다.

"걸이는 어머니를 잘 모시고 있거라."

"아씨 마님?"

애복이는 분연히 떨치고 일어나 전투에 참여하러 갔습니다.

진주 목사 서예원이 애복이를 반겼습니다.

"단 한 사람이라도 아쉬운 마당에 이렇게 와 주시니 고맙소."

"조선의 백성으로서 당연히 나서야 할 일이옵니다."

일본군이 저녁부터 공격을 시작하여 밤새 퍼붓다가 새벽이 되어서야 그치고 물러가기를 거듭했습니다. 일본군은 큰 통나무 두 개를 동문 밖에 세우고 그 위에 발판을 만들고 올라서서 성안으로 불화살을 날리기 시작했습니다.

성안에 있는 초가집 지붕으로 일시에 불이 번졌습니다. 조선 군은 머리 위에 커다란 솥뚜껑을 이고 서서 불화살을 막았습니다.

"비다!"

갑자기 큰 비가 내렸습니다. 일본군의 무기인 조총이 무용지물이 될 것을 알고 조선군은 기뻐했습니다. 하지만 조선군도 비를 반기기만 할 일은 아니었습니다. 각궁이 비에 맞아 아교풀이 모두 풀려 쓸모없어져 버렸습니다. 부녀자들은 젖어서 못 쓰게 된 활을 가져다가 활대가 틀어지지 않도록 조심스럽게 아궁이에 말렸습니다.

일본군은 철갑을 두른 수레를 성 밑으로 끌고 와 방패를 머리 위로 들어 가린 뒤에 큰 철추로 성벽 밑을 팠습니다.

"이놈들!"

애복이는 서쪽 성문 위에서 활을 쏘았습니다. 날린 화살마다 일본군의 철갑을 뚫었습니다. 그 틈에 다른 조선 군사들이 기름에 적신 목화솜에 불을 붙여 아래로 던졌습니다. 대나무로 만든 수레에 불이 붙어 타올랐습니다. 땅을 파던 왜군들은 몸에 불이 붙자 미친 듯이 날뛰면서 수레를 버리고 달아났습니다.

"와아아!"

하지만 전열을 가다듬은 일본군이 다시 몰려왔습니다. 이번에는 거북의 등딱지 꼴로 만든 방패를 등에 지고 기어서 오는 것이었습니다. 흡사 거북과 자라가 새까맣게 몰려오는 듯했습니다. 일본군들은 성 밑으로 다가와서 또 땅굴을 팠습니다.

"큰 돌을 떨어뜨려라!"

서예원의 명령에 군사들은 큰 돌을 굴려 떨어뜨렸습니다. 일본군이 덮어쓴 건 나무 위에 가죽을 씌운 것이라 돌덩이를 이기지 못했습니다. 땅을 파던 일본군은 돌에 깔려 죽어 갔습니다. 더 이상 견디지 못한 일본군은 등에 진 방패를 벗어 내던지며 물러갔습니다.

싸움이 시작된 지 여러 날이 지났어도 아무도 진주성을 구원해 주러 오지 않았습니다. 모든 명나라 장수들이 일본군의 형세를 두려워하여 누구도 군사를 출동시키지 않는 것이었습니다.

조선군도 마찬가지였습니다. 그리하여 진주성은 망망대해에 떠서 젖어 가는 한 잎 가랑잎 신세가 되었습니다. 사방 어딜 애

타게 바라보아도 북 치며 달려오는 군사 하나 보이지 않는 고
립무원의 처지였습니다.

진주성에서는 남녀노소 모든 백성이 군사가 되었습니다. 각
자 맡은 임무를 해내고 맡은 자리를 묵묵히 지킬 따름이었습니
다. 살고 죽는 것은 아무 문제가 되지 않았습니다.

또다시 일본군이 쳐들어왔습니다. 조선군 사수들은 죽을힘
을 다하여 활을 쏘아 많은 적을 죽였습니다. 애복이는 멀리 달
아나는 일본군 장수를 겨누어 쏘았습니다.

"씨웅!"

까마득히 날아간 화살은 그의 뒷덜미를 꿰었습니다. 후퇴하
던 일본군은 놀라 다 땅에 엎드렸습니다. 그러고는 엎드린 채
로 기어갔습니다. 일본군 진영에서는 조선의 활을 더욱 무서워
했습니다.

고니시가 우키타에게 아뢰었습니다.

"언제까지 조선군이 힘이 다하기를 기다리겠사옵니까?"

우키타가 고개를 끄덕였습니다.

"총공격 명령을 내리자는 말이군."

가토도 동의했습니다.

"진주성만 무너뜨리면 이후로 우리에게 대적할 자는 없을 것
이옵니다."

"아니오. 이순신과 정기룡이 있소."

그 말에 다들 입을 다물었습니다. 이윽고 우키타의 명령이 떨어졌습니다.

"총공격하라!"

"하이(네)!

큰비가 내린 탓에 동문 북쪽 옹성이 무너져 내렸습니다. 포위하고 있던 일본군이 그 틈을 타 일시에 돌격해 들어갔습니다. 왜장 수십 명이 이끄는 수만 대군은 마치 개미 떼처럼 끝도 없었습니다. 조선군은 쏟아져 들어오는 일본군을 결사 방어 했습니다.

일본군이 가까이 다가오자 조선군은 활과 화살은 놓아두고 창과 칼을 들었습니다. 피가 솟구치고 살점이 튀는 육탄전이 벌어졌습니다. 베고 찔러 죽인 일본군의 시체가 산더미처럼 쌓였습니다. 일본군은 도저히 뚫지 못할 것을 알고 물러갔습니다.

조선군 역시 지칠 대로 지쳤습니다. 무너져 내린 성벽에 기대고 하나같이 가쁜 숨을 몰아쉬었습니다. 얼굴은 온통 피로 얼룩져 있었습니다. 한마디 말할 기운조차 없었습니다. 서로 바라보며 격려의 웃음만 지어 보일 뿐이었습니다.

"이쪽이다!"

일본군이 진주성에서 가장 취약한 곳을 찾아낸 것입니다. 북문 쪽이었습니다. 일본군 대군이 들이닥쳤습니다. 성벽에 대나무 사다리를 놓고 타고 올랐습니다. 성벽은 사다리를 더 놓을 자리가 없을 지경이었습니다.

마침내 장창과 장검을 든 일본군이 성안으로 진입했습니다. 닥치는 대로 창날과 칼날을 휘둘렀습니다. 그 일부는 촉석루로 모여들었습니다.

촉석루에는 진주 목사 서예원이 북쪽을 향해 네 번 절을 하고 있었습니다. 절을 마친 그는 단정히 앉아 칼을 빼어 두 무릎 위에 가로로 올려놓았습니다. 우두머리 장수로서 도망치지 않고 조선군의 마지막 싸움을 독려하기 위해서였습니다.

서예원의 맏아들 서계성이 죽음을 무릅쓰고 일본군에게 달려들었습니다. 그러나 얼마 못 가 쓰러졌습니다.

"계성아!"

서예원은 자식의 죽음을 눈앞에서 목격했습니다. 일본군을 꾸짖으면서 칼을 들고 일어났습니다. 일본군은 한꺼번에 달려들어 앞뒤에서 동시에 찔렀습니다.

"목사또 나리!"

그것을 본 조선의 장수가 자신을 찔러 온 두 명의 일본군을 양팔로 끼고는 크게 소리쳤습니다.

"김해 부사 이종인도 여기에서 죽는다!"

그러고는 강으로 몸을 던졌습니다. 거제 현령 김준민은 읍성 시가에서 말을 타고 종횡무진 다니면서 왜군들을 무찌르고 있었습니다. 일본군이 김준민이 탄 말을 쏘았습니다. 김준민은 말과 함께 넘어졌다가 다시 일어나 싸웠습니다. 일본군에 둘러싸인 채 온몸이 피투성이가 되어 산화해 갔습니다.

박정천은 화살이 떨어지자 시위를 벗긴 활을 휘둘렀습니다. 멀지 않은 곳에서 순치도 피투성이가 되어 갔습니다. 두 사람은 얼마 더 버티지 못하고 쓰러졌습니다.

성안의 여인들은 촉석루로 몰려들었습니다. 더 이상 도망칠 곳이 없었습니다. 흐느끼기도 하고 소리 내어 울기도 하던 여인들은 마치 밀려서 떨어지듯 수십 길 아래 강으로 몸을 던졌습니다. 하나둘 떨어지는 것이 아니었습니다. 마치 능소화가 한꺼번에 지는 듯했습니다. 여인들의 시체는 강을 메우며 쌓여 갔습니다.

애복이는 성벽을 등지고 싸우고 있었습니다. 덤벼든 일본군을 다 무찌른 뒤 가쁜 숨을 몰아쉬었습니다. 떨리는 손으로 치맛단을 찢었습니다. 돌멩이를 주워 손가락을 내리쳤습니다. 부서진 손가락 끝에서 흘러내리는 피로 한 글자 한 글자 썼습니다. 그것을 둘둘 말아 성벽 틈새에 감추고 몸종 걸이한테 일렀습니다.

"훗날 성가퀴를 수축(고쳐 쌓음)할 때에 혹시 누가 이 혈서(피로 쓴 편지)를 보는 사람이 있다면 나의 임종이 어떠하였는가를 알 수가 있을 게다."

"흐흑, 아씨 마님!"

성벽을 따라 올라온 일본군이 또 달려들었습니다. 애복이는 장창을 휘둘렀습니다. 하지만 자꾸만 뒤로 밀려났습니다. 어머니 최 씨와 걸이도 뒷걸음질을 쳤습니다. 촉석루에 이르렀습니다.

애복이는 다시 치마를 찢어 유서를 썼습니다. 유서를 걸이에게 주어 보냈습니다. 걸이는 성벽 위를 위태롭게 내달렸습니다. 일본군이 조총을 여러 발 쏘았지만 맞히지 못했습니다. 걸이는 죽어라 내리막길을 내달려 사라졌습니다.

여인들은 울면서 계속 절벽 아래로 뛰어내리고 있었습니다. 마지막 남은 조선군은 열 명도 되지 않았습니다. 그들마저도 일본군의 창검에 하나둘씩 무참히 쓰러져 갔습니다.

"아, 더 이상……."

애복이는 창을 떨어뜨리고 말았습니다.

"아, 대장 더는 안 되겠어."

촉석루 아래를 내려다보았습니다. 그러고는 최 씨를 바라보았습니다.

"어머니!"

"애복아!"

애복이는 옷고름을 찢어 최 씨의 팔과 자신의 팔을 묶었습니다.

"어머니, 무서워 마시고 저랑 같이 가요."

"그래, 내 딸 애복아!"

일본군 장수 하나가 손을 뻗어 낚아채려는 순간 두 사람은 동시에 허공으로 몸을 날렸습니다.

"대장!"

애복이는 천 길 강물로 떨어지는 것이 아니라 남강 속 아득한 하늘로 오르고 있었습니다. 살아온 모든 날이 아련히 떠올랐습니다.

남강가에 함께 앉아서 강물에 소원 등불을 띄우던 때……. 우여곡절을 다 겪은 뒤에 마침내 촉석루에서 혼인하던 때…….

'난 대장을 한순간도 잊은 적 없어.'

애복이는 눈을 감았습니다.

'대장, 우리 운명은 여기까지인가 봐. 나 이제 그만 갈게. 내 짧은 인생에 대장 한 사람을 만나서 고마웠어.'

애복이의 머리는 강물 속 하늘, 그 하늘 속 흰 구름에 부딪혀 들어갔습니다. 어찌할 수 있는 것이 아무것도 없는 찰나였습니다.

'대장…….'

12. 최후의 결전

몸종 걸이가 정기룡의 시중을 들었습니다. 정기룡은 비장한 얼굴로 애복이의 유서를 이마에 둘러 묶었습니다. 그리고 이를 악물며 다짐했습니다.

"내 반드시 애복이의 복수를 하고야 말리라!"

정기룡은 8장사 휘하의 감사군 4백 명과 상주목 산하 아홉 고을의 수령들이 이끄는 군사 5백 명을 거느리고 닥치는 대로 일본군을 무찔렀습니다. 사람들은 정기룡을 두고 60전 60승의 상승장군(싸울 때마다 이기는 장수)이라고 불렀습니다.

일본군 진영에서는 정기룡이 공포의 대상이었습니다. 우는 아이라도 있으면 달랠 생각은 않고 얼른 외치는 것이었습니다.

"저기 정기룡이 온다!"

그럴 때면 아이는 눈을 크게 뜨고 두리번거리다가 울음소리를 뚝 그치곤 하는 것이었습니다. 그 어떤 일본군 장수도 정기룡과 마주칠까 봐 두려워했습니다.

임금은 정기룡에게 절충장군 경상우도 병마절도사에 제수(추천 없이 임금이 직접 벼슬을 내림)하는 교지(벼슬 증서)를 내렸습니다.

"경은 앞으로 위민보국(백성을 위하고 나라를 보호함)에 더욱 힘쓰라."

"소신은 성은(임금의 은혜)에 보답하는 일을 이 한 몸이 죽은 뒤에야 그만둘 것이옵니다."

명나라 부총병 리쥐가 군사를 거느리고 일본군과 싸우다가 조총의 탄환을 맞고 전사했습니다. 리쥐의 휘하에 있던 7백여 명의 군사는 다른 명나라 장수에 배속되기를 거부하고 조선의 장수 정기룡의 지휘를 받고 싶어 했습니다.

경리 양하오와 제독 마구이는 섣불리 결정할 수 없었습니다. 그들은 정기룡의 용맹과 지략, 그리고 인품까지 열거하며 부총병 리쥐를 대신하고도 남음이 있다고 명나라 황제에게 글을 올렸습니다.

"그 조선 장수에게 짐의 군사를 예속시키는 것이 합당한가?"

"죽은 리쥐의 군사들이 복수를 맹세하며 한마음으로 원하는 바이옵니다. 만약 황상께서 윤허하신다면 성덕을 널리 베푸시는 일이 될 것이옵니다."

"조선의 장수 역시 황상의 장수이옵니다."

"그대들 말이 옳다. 그런데 나의 군사와 조선 왕의 군사를 다 같이 아우르자면 벼슬이 단지 리쒸가 가졌던 부총병에 그쳐서는 안 된다. 조선 장수 정기룡에게 어떤 벼슬을 내리면 좋을지 말해 보라."

"총병관으로 삼으시어 왜노를 퇴치하게 하옵소서."

"정기룡을 어왜총병관에 제수하노라."

대단한 파격이었습니다. 총병관은 명나라의 가장 큰 단위의 지방 행정 구역인 성의 모든 군권을 가지는 벼슬이었기 때문입니다. 성은 조선 팔도보다 몇 배나 큰 땅이었습니다. 황제는 그러한 광대한 지역의 군권을 총괄하는 큰 벼슬을 내리면서 왜적을 방어하는 직책을 아울러 정기룡에게 하사한 것이었습니다.

"세상에나!"

"나라가 생기고는 처음 있는 일 아냐?"

"명나라 황제도 우리 우병사 영감을 알아보신 게지."

"이젠 총병관 대인이라고 해야 하나?"

"총병관 대인? 그것 아주 좋은데? 하하하."

정기룡은 리쒸가 이끌던 명나라 군사들에게 말했습니다.

"명군도 조선군과 똑같이 대할 것이오. 전장의 고락을 같이 할 것이고, 의복과 음식을 균등하게 지급할 것이며, 병들거나 다친 군사는 쉬게 하고 치료해 줄 것이오."

"총병관 대인의 은덕에 그저 감사할 뿐이옵니다."

그들은 머리가 땅바닥에 닿도록 정기룡에게 절을 했습니다.

"셰셰, 다런(감사합니다, 대인)!"

일본의 우두머리인 도요토미가 사냥을 나갔다가 더위를 먹고 한 달 동안 앓다가 죽고 말았습니다. 어린 아들이 뒤를 이었지만 큰 반란의 위기가 닥쳤습니다. 그래서 조선에 있는 모든 일본군에게 철수 명령이 내려졌습니다.

정기룡은 일본군을 남김없이 섬멸하지 못할까 봐 나날이 마음을 졸였습니다. 그런데 반가운 소식이 들려왔습니다. 명나라 제독 둥이위안이 정기룡과 합세해 사천왜성에 있는 시마즈를 치기 위해 오고 있다는 전령이었습니다.

정기룡은 조선 땅에서 일본군을 모조리 몰아낼 다짐으로 가슴이 벅찼습니다. 밤에 잠도 오지 않았습니다. 거의 뜬눈으로 지새우다시피 한 정기룡은 이른 새벽에 일어나 가만히 눈을 감은 채 정좌했습니다. 애복이가 핏물로 유언을 남긴 치맛단을 또다시 망건 위에 동이었습니다.

"이 한 맺힌 원수를 기필코 갚으리라!"

채비를 마친 정기룡은 군사들이 집결한 연병장으로 나아갔습니다. 날이 밝기 한참 전이었습니다. 정기룡은 장대(장수의 지휘대)에 올랐습니다.

"감사군! 병영군! 명군! 모든 군사는 듣거라! 나는 어린 시절에 바로 이 경상우병영의 영노였다!"

어둠 속에서 군사들이 웅성거렸습니다. 정기룡은 말을 이어 갔습니다.

"그 영노가 천신만고 우여곡절을 다 겪으면서 오늘 바로 이 자리에 서 있게 되었다! 이것은 무엇을 뜻하는가? 여러분 누구나 진심갈력한다면 높이 오를 수 있는 좋은 나라에 살고 있다는 방증이 아니고 무엇이겠는가!

우리 조선은 칼을 품고 살지 않아도 되는 나라다! 도적도 칼이 아니라 몽둥이를 드는 나라다! 몽땅 털어 가는 것이 아니라 뭉텅 덜어 가는 예의염치가 있는 나라다! 모든 목숨을 귀히 여겨, 종살이를 하는 노비라 하더라도 함부로 죽이면 안 되는 나라다! 사람 목숨이 지나가는 개 목숨이 아닌 나라다!

너희는 어느 나라 백성으로 살고 싶으냐! 어느 나라의 귀신이 되고 싶으냐! 남아로 태어나 한평생 살다가 죽어서 저승으로 간다면! 거기 가서 내놓고 자랑할 만한 것이 단 한 가지라도 있어야 할 게 아니냐!

여기 있는 우리 모두는 내 식솔과 내 고을과 내 나라를 지킨 자랑을 품고서 저승에서 다시 만나자! 다 같이 떳떳한 얼굴로 서로 반갑게 만나 신명 나게 놀아 보자!"

정기룡의 목소리가 천둥 벼락이 치는 듯 울려 퍼졌습니다.

"예, 대장님!"

그에 화답하는 군사들의 함성도 온 산천을 진동시켰습니다.

"출발하라!"

정기룡은 십련보검을 빼어 들고 천 리 밖으로 뻗어 나가도록 포효했습니다.

"둥! 둥! 둥……."

큰 북소리와 함께 행군이 시작되었습니다. 조선군에 이어 명나라 군사까지 합세한 장엄한 행렬은 십 리에 이어졌습니다.

며칠 후 사천왜성 앞에 이르렀습니다. 명 제독 둥이위안은 정기룡을 전위 선봉장으로 삼았습니다. 날래게 출동한 정기룡은 사천강을 넘어 공격했습니다.

조선의 화약군은 비격진천뢰를 쏟아부었고 명나라 화포군은 수많은 포환을 날려 성벽을 무너뜨리려고 애를 썼습니다. 일본군도 화포와 조총을 쉴 새 없이 쏘아 대며 조명 연합군이 접근하지 못하도록 필사적으로 막았습니다.

"신기전을 쏴라!"

화약군은 화포를 뒤로 물리고 화차를 앞으로 냈습니다. 화약통이 달린 수백 대의 화살이 연기를 내뿜으며 적진으로 날아갔습니다. 일본군이 몸을 감추느라 조총의 탄환이 잦아졌습니다. 뒤에서 대기하고 있던 명나라 장수 쭈청쉰이 명령을 내렸습니다.

"쳐부숴라!"

사납고 날랜 북방 달기군은 그림자를 떨치며 질주했습니다. 일본군 한 부대가 성 밖으로 달려 나와서 달기군에 맞서 싸웠지만 상대가 되지 못했습니다. 쭈청쉔의 군사들은 용맹스럽기 그지없었습니다.

싸움이 반나절이나 지속되었지만 사천왜성을 함락시키지는 못했습니다. 제독 둥이위안은 징을 쳐서 군사를 모두 돌아오게 했습니다. 장수들이고 군사들이고 다 얼굴과 몸에 적군의 피가 튀어 얼룩져 있었습니다.

"애썼소."

"다들 수고 많았소이다."

일본군 사령관 시마즈는 절망했습니다. 조선군과 명군의 기세를 겪어 보니 성이 함락되는 것은 시간문제인 것만 같았습니다. 시마즈는 자신의 무덤으로 쓸 구덩이를 팠습니다. 그리고 그 속에 들어앉아 비장하게 말했습니다.

"너희가 싸워서 이기지 못한다면 나는 이곳에서 생을 마감하리라."

성안에 든 일본군이 예상보다 완강히 항전한 까닭에 정기룡은 전략을 달리해야 한다고 생각했습니다. 사천왜성에서 탈출해 온 사람에게 성안의 형편을 이모저모 탐지해 보던 중에 소중한 정보를 얻었습니다.

"우물이 두 곳 있었는데 워낙 많은 군사가 마구잡이로 마실

물을 퍼내었기 때문에 거의 다 말라 버렸사옵니다."

정기룡은 제독 둥이위안에게 건의했습니다.

"성안에 식수가 부족하다고 하니 곧 불평불만이 쏟아질 것이옵니다. 그리되면 왜졸들이 각자 살아남으려고 왜장들에게 책임을 전가할 것이옵니다. 그다음에는 하나둘 투항하는 자들이 생겨날 것이옵니다. 그러다 상부의 명령이 먹히지 않는 혼란스러운 상황에 이를 것인데 그때가 되면 왜졸들이 결국 대거 반기를 들 것이옵니다."

둥이위안을 비롯한 명나라 장수들은 묵묵히 듣고만 있었습니다.

"그렇게 왜군 내부가 먼저 붕괴된 후에, 사기 충만한 우리의 군사를 이끌고 사방에서 포위하고 성세를 드높인다면 적들은 더한층 공포감에 휩싸여 맞서 싸울 엄두를 못 낼 것이옵니다. 바로 그때가 쳐서 이길 호기가 아니겠사옵니까?"

둥이위안이 입을 열었습니다.

"저들의 식수가 바닥난 것은 잘 알고 있지만 우리 역시 군량이 부족하오. 그래서 나중에는 싸우지 못하게 될 것이 자명하니 이것저것 돌아볼 것 없이 속전속결 단기 결전을 감행해야 하오."

다음 날 새벽, 둥이위안은 군사들을 직접 거느리고 사천왜성을 향하여 나아갔습니다. 성 밑에 다다를 무렵에 성안에서 한

줄기 연기가 피어오르더니 성문이 스르르 열렸습니다.

"이때다. 공격해 들어가라!"

명군이 성안으로 진입하자 사방에서 일본군이 나타났습니다. 양군은 단병전을 펼치기 시작했습니다. 서로 한데 얽혀서 찔러 죽이고 베어 죽이고 때려죽이니 양군에서 죽은 송장이 땅에 가득하여 발 디디고 싸울 틈이 없을 지경이었습니다.

둥이위안은 성안에 계속 머물러 있다가는 몰살될 것만 같다고 판단하고 명령을 내렸습니다.

"후퇴하라!"

성 밖에서 지켜보고 있던 정기룡이 소리쳤습니다.

"제독 대인을 구원하라!"

정기룡의 뒤를 이어 장사들이 말을 달려 들어갔습니다. 그 뒤로 쭈청쉰이 이끄는 북방 달기병 7천 명이 용감하게 쳐들어갔습니다. 뒤에 있던 조선군과 명군은 후퇴해 오는 둥이위안 군사를 엄호해 활로를 열어 주었습니다.

그 덕에 둥이위안은 무사히 성을 빠져나왔습니다. 둥이위안은 정기룡과 휘하 장수들을 볼 낯이 없었습니다. 그는 정기룡에게 말했습니다.

"이제 정 총병관의 작전에 따르리다."

"이미 적의 기세가 올랐으니 내부에서 와해시키는 것은 어렵게 되었사옵니다."

"그렇다면 방법은 오직 하나, 군기를 정비하고 군사를 추슬러서 총공격을 감행해야겠소."

"적의 성이 보기보다 견고하니 우선 화포로 공격하는 것이 나을 듯하옵니다."

둥이위안은 정기룡의 말에 수긍했습니다. 이른 아침부터 조선군의 총통과 명군의 화포를 모두 진열시켰습니다. 길게 늘어선 조선군의 총통과 명군의 화포가 맹렬히 불을 뿜었습니다. 한꺼번에 수백 발의 포환이 성안으로 날아 들어갔습니다. 포격은 한 시간도 넘게 이어졌습니다.

"선봉대는 돌격하라!"

둥이위안이 명령을 내렸습니다. 정기룡은 군사를 이끌고 사천왜성의 동문으로 달려들었습니다. 문은 크고 두꺼웠으며 굳게 잠겨 열리지 않았습니다.

"비키십시오!"

장사 이희춘이 군사들과 함께 뾰족하게 깎은 큰 통나무를 가져다가 두 문짝을 쳐서 넘어뜨렸습니다.

"쿠당탕!"

드디어 성문이 산산조각 나며 흩어졌습니다. 정기룡이 군사를 이끌고 바야흐로 성안으로 진입하려는 찰나, 뒤에 있던 명군이 성안에 있는 금은보화를 탐내어 먼저 앞다투어 뛰어 들어갔습니다.

일본군은 뒤로 물러서면서도 조총을 난사하며 저항했습니다. 먼저 들어간 명군이 쓰러져 갔습니다. 그 모습을 본 정기룡의 감사군과 쭈청쉰의 달기군이 날아들 듯이 말을 타고 들어가 일본군을 마구 짓밟았습니다.

정기룡이 쏘는 화살은 족족 일본군을 맞혔습니다. 화살이 다 하자 보검을 빼어 들고 현란한 마상재를 펼치며 종횡무진 일본군을 찌르고 베었습니다. 정기룡 혼자 죽인 일본군의 숫자를 헤아리기 어려울 정도였습니다.

사천왜성을 되찾기 직전에 이르렀습니다. 일본군 사령관 시마즈는 부장들과 함께 배를 타고 달아날 채비를 했습니다. 바로 그때였습니다.

"쿠아아아앙!"

명나라 화포군 속에서 큰 폭발이 일어났습니다. 가까이 있던 군사들은 모두 파편을 맞아서 즉사했습니다. 멀리서 그 모습을 본 군사들은 허둥지둥했습니다.

"왜노들이 배후로 공격해 왔다!"

누군가 겁을 먹고 외치자 진중 이곳저곳에서 대오가 무너져 소란스러웠습니다.

"쾅, 펑, 퍼펑, 콰콰쾅!"

엎친 데 덮친 격으로 갑자기 명군 진영의 뒤편에 있던 화약고가 굉음을 내며 대폭발을 일으키는 것이었습니다. 화약고 안에 잔뜩 쌓아 놓았던 포환과 화약, 밖에 내놓은 수천 통의 화약 상자와 포탄 상자까지 연이어 하늘이 무너지는 소리를 내며 터졌습니다.

가까이에 있던 군사들은 몸뚱이가 흔적도 없이 사라졌고 튄 살점이 멀리까지 흩어졌으며 수많은 사지가 떨어져 나갔습니다. 불길은 하늘 끝까지 치솟았고 연기는 자욱했습니다.

성문으로 공격해 들어가려던 조선군은 폭발음에 놀라 뒤돌아보았습니다. 명군 진영 전체가 불바다가 되어 있었습니다.

성 위에서 이 모습을 본 일본군은 서로 얼굴을 바라보며 외쳤습니다.

"무슨 일이지?"

"우리가 승리할 길조다!"

명군 진영이 대폭발로 온통 난장판이 되고 군사들이 다 죽고 흩어졌다는 보고를 받은 시마즈는 배를 타고 도망칠 생각을 접고 다시 사천왜성의 천수각에 올랐습니다. 전의를 잃고 있던 일본군에게 반격을 결의했습니다. 일본군의 사기는 다시 타올랐습니다. 시마즈는 앞장서서 성 밖으로 나왔습니다.

명군 진영은 온통 불바다였습니다. 군사들은 연기에 가려서 잘 보이지도 않았습니다.

"하늘이 우리 편이다! 공격하라!"

괴멸해 가던 일본군은 일시에 되살아나 대대적인 반격을 개

시했습니다.

　조선군과 명군의 대열은 토막토막 끊어지고 혼란스러웠습니다. 다급하게 후퇴하는 군사들로 진영은 어지러웠습니다. 군사와 말이 서로 밟히고 넘어져 뒹굴었습니다. 적이 공격하지 않아도 스스로 무너지는 사태가 벌어진 것입니다.

　뒤쫓아 온 일본군은 장검을 두 손으로 들고 마구 휘둘렀습니다. 명나라 군사들은 응전할 마음을 잃고 달아났습니다. 제독 둥이위안은 남강을 넘어 진주성까지 후퇴했습니다.

　그 틈을 타 사천왜성으로 되돌아온 시마즈는 서둘러 바다에 배를 띄웠습니다. 달아날 절호의 기회였던 것입니다.

　바다에서는 이미 이순신이 이끄는 조선 수군이 노량해전을 끝낸 뒤였습니다. 육지에서고 바다에서고 살아남은 일본군은 모두 배를 타고 남해안을 돌고 돌아 부산포에 모여들었습니다.

　일본군이 일본으로 철군하기 위하여 부산포로 집결하고 있다는 보고를 받은 명군과 조선군은 서둘러 부산포로 향했습니다. 정기룡은 감사군을 이끌고 맨 앞장서서 말을 채쳐 달렸습니다.

　"왜놈들을 이대로 돌려보내서는 안 된다!"

　"이랴! 이랴!"

　부산포에 이르렀습니다. 조선에서 물러가는 일본군 전선이 바다를 새까맣게 뒤덮고 있었습니다. 해변에 몰려든 모든 군사는 떠나가는 일본군을 바라볼 수밖에 없었습니다. 조선 팔도를 온통 유린했던 7년 동안의 긴 왜적의 침략이 막을 내리는 순간이었습니다.

정기룡은 많은 일본군이 살아서 돌아가게 되자 울분을 참지 못했습니다. 화이를 탄 채 바닷속으로 뛰어 들어갔습니다. 첨벙거리던 화이는 바닷물이 목까지 차오르자 더 나아가지 못했습니다.

정기룡은 일본군을 더 이상 쫓아갈 수 없음을 한탄하며 말했습니다.

"아, 살아서 돌아간 저들은 언젠가 기필코 다시 쳐들어올 것이다. 그때는 결코 10만이나 20만 군사가 아닐 것이며 무기도 조총보다 더 막강한 것일 게다."

13. 무함을 당하여

임금은 임진왜란 중에 공로를 세운 사람들을 가려서 공신으로 삼았습니다. 정기룡은 선무원종공신 1등에 올랐습니다.

정기룡은 스스로의 벼슬이 병마절도사에 이른 데다가 공신이 된 것을 과분한 성은이라 여겨, 벼슬을 사양하는 상소를 올렸습니다. 하지만 임금은 윤허하지 않았습니다.

정기룡은 전라도 병마절도사에 제수되었습니다. 곧장 부임하라는 임금의 명령을 받은 정기룡은 전라 병영이 있는 강진으로 갔습니다.

"화약과 화살은 하나도 없고 군기고에 있는 총통은 다 녹슬어 가고 있으니 도대체 이곳을 병영이라고 할 수 있겠는가?"

정기룡은 군율과 군기를 엄격하게 세웠습니다. 그리하여 규정된 조련을 차질 없이 실시하였고, 죽도에서 나는 대나무로 화살을 만들게 하였으며, 두껍게 녹슨 군기는 언제라도 쓸 수 있도록 다 닦게 했습니다.

강진에 뿌리내리고 있는 토호들은 큰 불만을 드러냈습니다. 신임 병사 정기룡이 자기네들과 친분을 나누지 않고 모든 병무를 곧이곧대로 처리하는 것이 못마땅했기 때문입니다. 곧 정기룡에 관하여 좋지 않은 소문이 나돌기 시작했습니다.

"꼭 말을 해야 아나."

"그렇다고."

"그랬대요."

"뻔한 거 아니겠어?"

"생각해 보면 몰라서."

"아무 근거 없는 말이 나왔겠어?"

"말이 난 건 다 그만한 이유가 있지 않겠어?"

"거참. 이제 봤더니 병사또가 영 몹쓸 사람일세."

소문은 심각한 수준에 이르렀습니다. 몇 사람이 주축이 되어 정기룡을 세 치 혀로 할퀴고 물어뜯으며 난도질하자, 많은 사람이 아무 근거 없는 소문만 믿고 정기룡을 비난하는 형국이었습니다.

"전라 병사 정기룡과 어릴 적에 함께 뛰어놀았던 아이들이 한 번도 아니고 두 번이나 다 죽었사옵니다."

"정기룡의 처가는 진주 호장 강세정 집안으로 강세정은 무남

독녀 외동딸을 두었는데 정기룡이 그 많은 재산을 노려서 자기와 경쟁이 되는 아이들을 다 죽인 거나 다름없사옵니다."

"정기룡은 영노로 있다가 불법으로 속천(노비의 신분에서 양민의 신분이 됨)되기도 했사옵니다."

"소금 장수를 할 적에는 여각의 행수가 죽자 곧바로 그 자리를 꿰차기까지 하였으니 그 행수의 죽음에 어찌 타살의 의혹이 없겠사옵니까?"

"정기룡은 결국 진주 호장 강세정의 여식과 혼인하여 많은 재물을 물려받았는데, 처를 진주성으로 보내어 왜적의 손에 죽도록 방치했으니 처가의 재산을 몽땅 차지하려는 계책이었던 것입니다."

"부디 전라 병사 정기룡을 삭직하고 이루 헤아릴 수 없는 죄를 엄중히 다스리소서."

상소문을 읽은 임금은 생각이 달랐습니다.

"불미스러운 일로 관직에서 물러난 자들이 근거 없는 말로 정 병사를 무함하는 것이니 상소를 돌려주는 것이 마땅하다."

상소의 내용을 전해 들은 정기룡은 슬펐습니다. 지금까지 살아온 모든 날이 부정당하는 듯했습니다. 벼슬에서 물러나 초야(조용한 시골)로 돌아가고 싶었습니다. 노모를 모시고 평범하게 살고 싶은 심정이 간절했습니다.

하지만 임금은 이번에도 정기룡의 사직을 윤허하지 않았습니다.

"경은 아무것도 아닌 일로 벼슬을 그만두지 말라."

정기룡은 하는 수 없이 그대로 벼슬자리에 있을 수밖에 없었습니다. 그러던 어느 날 상주에서 강진으로 살치가 왔습니다.

"연로하신 정부인 마님께서 위독하시옵니다."

"뭣이?"

화급을 다투는 일이라 정기룡은 앞뒤 헤아리지 않고 그길로 곧장 상주 본가로 말을 달렸습니다. 다행히 김 씨는 고비를 넘기고 제정신을 되찾았습니다. 정기룡은 어머니 곁에 그대로 눌러앉아 병구완을 하고 싶었습니다. 하지만 이희춘이 말했습니다.

"대장님, 병영으로 속히 돌아가셔야 하옵니다. 불온한 무리들이 염려되옵니다."

아니나 다를까 비밀리에 정기룡의 동태를 수집하던 사헌부 관원이 임금에게 아뢰었습니다.

"병마절도사의 직임을 맡은 신하는 함부로 영문을 떠나지 말라는 군율이 지엄하옵니다. 전라 병사 정기룡은 감히 사사로운 일로 수백 리를 벗어났으니 이는 조정을 가볍게 여기고 공의를 멸시한 처사로 지극히 경악스럽사옵니다. 먼저 파직(벼슬에서 물러나게 함)시킨 뒤에 심문하여 교만하고 버릇없는 습관을 깨우치도록 하소서."

임금은 그 주청을 받아들이지 않았습니다.

"정기룡은 자식으로서 애틋한 정을 이기지 못하여 어머니가 있는 상주에 잠시 다녀간 것이니 어떻게 죄로 다스리겠는가. 윤허하지 않는다."

정기룡을 무함하던 사람들은 여러 방법이 번번이 먹혀들지 않자 이번에는 역모의 죄를 씌우기로 작정했습니다. 그 무리는 드디어 비밀스러운 계획을 실행했습니다. 작은 죄를 짓고 끌려온 사람을 고문하여 정기룡이 역모의 주모자라고 거짓 증언을 시킨 것입니다.

"정기룡을 잡아들여라!"

금부도사가 나졸들을 이끌고 들이닥쳤습니다.

"죄인을 압송해 오라는 어명이오!"

정기룡은 누군가의 계략으로 무함을 당하였다는 것을 직감했지만, 어명을 거역할 수는 없었습니다. 금부도사는 오라에 묶인 정기룡을 병영 문밖으로 끌고 나가 수레에 태워 한양으로 향했습니다. 소문은 바람처럼 퍼져 나갔습니다.

백성들이 하나둘 길가에 나오더니 어느덧 수많은 사람이 모여들었습니다. 길이 막혀 수레가 갈 수 없는 상황이었습니다. 금부도사가 외쳤습니다.

"썩 비켜나지 못할까! 온 고을이 대역죄를 얻어야 되겠는가!"

백성들은 물러나 앉으며 땅을 치며 울었습니다.

"아이고, 병사또 대감!"

"세상에! 아무리 나라 꼴이 개판이라지만 만고의 충신더러 역적이라니!"

정기룡은 의금부 감옥에 갇혔습니다. 감옥은 모반의 혐의를 얻은 죄인들로 발 디딜 틈이 없었습니다.

임금은 정기룡을 직접 심문했습니다. 정기룡은 하문하는 내용이 금시초문이거니와 꿈에서도 하지 않은 역모에 대하여 단 한마디도 자백할 것이 없었습니다. 초지일관 의연한 정기룡의 태도를 본 임금은 크게 진노했습니다.

"죄인 정기룡을 고문하라."

맨 먼저 주리를 틀었습니다. 정기룡이 입을 열지 않자 얼굴에 보자기를 씌우고는 온몸에 난장을 가했습니다. 그래도 정기룡은 임금이 원하는 자백을 하지 않았습니다. 혹독한 고문은 계속 이어졌습니다. 형틀에 엎어 놓고 곤장을 쳤습니다. 볼기가 터지자 기둥에 묶어 꿇리고는 무거운 돌을 얹어 누르는 압슬형을 가했습니다.

그러는 동안 해가 지고 밤이 되었습니다. 대궐 곳곳에는 큰 도가니불을 밝혀 놓았고 삼법사(국법을 집행하는 형조, 한성부, 사헌부의 세 관청)에서 나온 사령들은 저마다 싸리동횃불을 들고 서 있었습니다.

모진 고문을 받은 정기룡은 궐정(대궐의 마당)에서 끌려 나와 다시 의금부 감옥에 갇혔습니다. 월령의(한 달씩 당번을 서는 의사)가 정기룡을 살폈습니다. 온몸이 찢어지고 터지고 부러져 성한 데가 한 군데도 없었습니다.

"허, 참. 숨이 붙어 있다는 것이⋯⋯."

감옥 안에 던져지다시피 한 정기룡은 겨우 가는 숨만 쉴 뿐이었습니다. 함께 갇힌 사람들이 혀를 차며 안타까워했습니다. 하지만 감옥에는 입술을 적셔 줄 물 한 종지도 없었습니다. 보다 못해 그중 한 사람이 오줌을 싸 제 옷에 적셨습니다. 그 옷을 정기룡의 입에 대고 짜 흘려 넣었습니다.

"뭣들 해? 자네들은 피가 나는 데를 얼른 좀 처매지 않고!"

사람들은 옷자락을 찢어 내어 정기룡의 상처를 하나하나 싸맸습니다. 한 사람은 옥졸에게 사정사정하여 나뭇개비를 몇 개 얻어 냈습니다. 나뭇개비를 다듬어 정기룡의 부러진 팔과 다리에 부목 삼아 대어 뼈를 고정했습니다.

정기룡은 입술 밖으로 나오지도 않는 소리로 말했습니다.

"고, 고맙소."

정기룡은 점차 기력을 되찾았습니다. 워낙 강건한 몸이라 회복이 빨랐습니다. 하지만 여전히 굴신을 하지 못하는 신세였습니다. 정기룡은 온종일 벽을 바라보며 앉아 있었습니다. 어릴 적 진주 감옥에 갇혔을 때 함께 있던 서예원이 가르쳐 준 말을 떠올렸습니다.

"하늘이 장차 그 사람에게 큰 소임을 맡기려 할 때에는 먼저 그 마음과 뜻을 괴롭히고, 근력과 뼈를 수고스럽게 하며, 몸과 살을 굶주리게 하고, 그 처지와 처신을 궁핍하게 하며, 그 하고자 하는 일마다 어긋나고 어지럽게 해서 마침내 이러한 것들을 참고 견뎌 내도록 한 연후에야 비로소 그가 감당해 내지 못했던 것을 능히 이루도록 한다."

감옥은 어두워 밤인지 낮인지 분별할 수 없었습니다. 낮에는 불을 밝히지 않고 밤에만 불을 밝히는 것으로 하루하루가 가는 것을 짐작할 따름이었습니다.

숙직 도사가 옥졸들을 거느리고 왔습니다.

"죄인 정기룡은 이리 가까이 오너라."

정기룡은 옥문 앞으로 다가갔습니다. 숙직 도사가 비켜서자 고관대작 차림을 한 사람이 서 있었습니다. 예조 판서 이이첨이었습니다.

"쯧쯧, 나라의 대부 벼슬에 있던 사람이 어찌하여 그 꼴이란 말인가."

정기룡은 아무 말도 하지 않았습니다. 이이첨이 다시 말했습니다.

"살길이 영 없는 것도 아니긴 한데……."

정기룡은 힘들게 고개를 들어 웃는 낯으로 대답했습니다.

"생사존망은 하늘에 달려 있거늘 어찌 겉만 번지르르하고 속은 고약하게 썩어 빠진 줄을 잡겠소?"

그러고는 안으로 돌아와 버렸습니다. 이이첨은 안색이 확 변했습니다. 하지만 어둠 속에서 이리의 눈처럼 서슬 퍼렇게 빛나는 사람들의 눈빛에 기가 질려 물러나고 말았습니다. 감옥 안의 사람들은 간신에게 모욕을 준 정기룡을 두둔하며 통쾌해했습니다.

얼마 지나지 않아 정기룡은 무고함이 밝혀졌습니다. 큰 역모 사건으로 여겨졌던 것이 점차 하잘것없는 소인배들이 지어낸 말로 온 조정이 휘둘렸다는 결론에 이른 것이었습니다. 임금도 뒤늦게 별것 아닌 일로 받아들이고 서둘러 마무리 지으려 했습니다.

"정기룡은 죄가 없다. 방면하라."

정기룡은 옥사에 갇혀 있던 다른 많은 사람과 함께 풀려났습니다. 고문의 후유증 탓에 몰골이 말이 아니었습니다. 오랜만에 햇빛을 본 사람들은 눈을 뜨고 똑바로 하늘을 바라볼 수 없었습니다.

정기룡은 상주에 있는 집으로 향했습니다. 그런데 도성의 남문을 나서기도 전에 달려오는 사람들이 있었습니다.

"어명이오!"

"전 전라 병사 정기룡은 어명을 받으시오!"

임금의 교지를 가지고 온 사람들이었습니다. 정기룡은 그들이 펴 준 자리에 앉아 어명을 받았습니다.

"정기룡을 삼도 수군통제사 겸 경상우도 수군절도사에 제수하노라."

임금은 교지에 이어 별도의 명령을 내렸습니다.

"경은 맨손으로도 곰을 쳐 죽이고 범을 때려잡을 수 있는 군사를 조련하라. 또 황룡과 청작을 그린 큰 전선을 만들도록 하라."

14. 두 번의 삼도 수군통제사

삼도 수군통제영은 마치 하나의 큰 고을 같았습니다. 바닷가에 수많은 건물이 들어서 있었습니다. 통제영 남문 밖에는 수많은 군사가 좌우로 벌려 서 있었습니다. 멀리서 정기룡이 다가오자 취타대(군악대)가 장엄한 음악을 연주하기 시작했습니다. 병마우후 김의철이 정기룡을 맞이했습니다.

"어서 오소서. 신임 통제사 대감."

삼도 수군통제사에 부임한 정기룡은 여러 가지 싸움배를 둘러보았습니다. 그중에서 단연 눈에 띄는 것은 거북선이었습니다.

거북선은 나무판자로 병선 위를 거북 등처럼 덮었는데, 등판에는 열십자 형태로 작은 길이 나 있었습니다. 정기룡은 그 길을 따라 걸었습니다. 길 외에는 칼날과 창날, 대못, 송곳 따위를 촘촘히 꽂아서 발 디딜 곳이 없었습니다.

거북선의 이물에는 용 머리를 만들어 붙였고 용의 입에는 구멍이 나 있었습니다. 고물에는 거북의 꼬리 같은 것이 붙어 있었습니다. 또 좌우 뱃전에는 총통혈이 여섯 개씩 나 있었습니다.

정기룡이 말했습니다.

"다시는 왜적의 침략으로 인해 신음하지 않는 나라를 만들고자 한다면 배를 많이 만들어야 하오. 더 크고 더 강하고 더 날랜 싸움배를 말이오."

전선을 만드는 데 쓸 재목으로, 거제도의 야산에 있는 크고 튼튼한 나무를 베어서 실어 왔습니다. 선소마다 배를 만드느라 통제영은 밤에도 불을 밝혀 대낮처럼 훤했습니다.

정기룡은 거북선을 개량했습니다. 거북선의 맨 아래쪽에는 군에서 쓰는 물건을 싣는 공간을 내고 군사들의 휴식처로 삼았습니다. 그다음 층에는 노 젓는 공간을 좌우 24칸을 내었는데, 능노군(노를 젓는 군사) 120명이 수월하게 노를 저을 수 있도록 좌우를 어긋나게 했습니다.

그 위층에는 뱃전으로 총통혈을 냈습니다. 좌우가 각각 서로 어긋나도록 여덟 개씩이었습니다. 공간이 넓어져 양쪽에서 포를 한꺼번에 쏘더라도 40여 명의 화포군이 서로 걸리적거리는 불편함이 없게 되었습니다.

맨 위 갑판을 거북 등처럼 덮은 판자 위에는 철침을 빽빽이 꽂은 철갑을 붙였습니다. 또 속도를 높이기 위해 철갑 등에는 큰 돛을 두 개 달았습니다.

다른 큰 싸움배도 만들었습니다. 갑판 한쪽에 3층 누각을 앉힌 대판옥선이었습니다. 정기룡은 삼도 수군통제사에 제수될 때 임금으로부터 받은 유지(신하에게 내린 글)를 떠올려 배의 이름을 황룡선이라 불렀습니다.

육지와 섬 사이, 섬과 섬 사이의 좁은 바다를 종횡무진 누빌 수 있는 날래고 방향 전환이 빠른 배도 만들었습니다. 그 이름을 역시 임금의 유지에서 따와서 청작선이라 했습니다.

"진수하라."

"통곤(삼도 수군통제사를 일컫는 말) 대감께서 진수하랍신다!"

"황룡선 진수!"

"거북선 진수!"

수많은 백성이 나와서 보는 가운데 그간 건조한 배들의 진수 식이 거행되었습니다. 정기룡은 황룡선의 판옥 3층에 설치된 장대에 서서 바다 위에 떠 있는 배들을 시험했습니다.

여러 싸움배 중에서 단연 이목을 끄는 것은 거북선이었습니다. 용 머리에서 불 연기를 뿜어내어 가상의 적의 시야를 교란하고 매캐한 냄새로 당황하게 했습니다. 좌우 총통혈에서 16문의 포가 동시에 발사되어도 배는 흔들림이 거의 없었습니다.

돛을 올리자 날쌔게 달렸습니다. 선장의 호령과 고군(북을 치는 군사)의 북소리에 맞춰서 노를 젓고 키를 8자로 돌렸습니다.

배는 빠르게 방향을 틀었습니다.

방패선도 뱃전에 방패를 올렸다 내렸다 하며 적의 포환과 화살을 막아 냈습니다. 청작선은 침투선의 역할을 톡톡히 해냈습니다. 또한 작고 재빠른 척후선들은 배와 배 사이를 재빠르게 다니며 전령을 전하기도 했고 선단을 멀리 휘감아 돌며 먼바다를 살펴보기도 했습니다.

"통곤 대감, 성공이옵니다!"

"여기서 만족해서는 안 되네. 배를 더 많이 만들어야 하네. 그리하여 전단을 구성하여 여러 가지 진법으로써 조련을 해야 할 것일세."

"예, 명령만 내려 주옵소서."

정기룡은 삼도 수군통제사로서 2년 임기를 다 채우고도 갈리지 않았습니다. 통제영의 수군과 백성들이 연명으로 상소를 올려서 계속 있어 주기를 청한 것이었습니다.

임금은 흐뭇했습니다.

"통제사 정기룡은 반년만 더 있도록 하라."

그러고는 내구마 한 필을 하사했습니다. 내구마는 임금의 가마를 끄는 가장 좋은 말이었습니다.

여섯 달을 더 있은 뒤에 정기룡은 통제사 자리를 물려주었습니다. 그런데 후임 통제사 김예직은 임금의 외숙부라는 것만 믿고 통제영의 군량미를 사사로이 착복했습니다. 하지만 그는 임금의 친인척이라는 이유로 벌을 받지 않았습니다.

임금은 정기룡을 다시 삼도 수군통제사로 삼았습니다. 통제영으로 재차 부임한 정기룡은 군대의 창고에 있는 물건을 장부와 대조하여 조사를 했습니다. 제대로 맞는 것이 드물었습니다. 정기룡은 김예직이 망쳐 놓은 것들을 하나하나 바르게 고쳐 나갔습니다.

"아뢰오! 통곤 대감께 아뢰오!"

"무슨 일이냐?"

"왜적이 쳐들어왔사옵니다!"

정기룡은 얼른 밖으로 나왔습니다.

"먼바다로 정찰하러 나갔던 척후선들이 수상한 선단을 발견하였사온데 왜적의 병선들이라고 하옵니다."

거리를 좁혀서 탐지한 척후선들이 정탐한 내용을 잇달아 알려왔습니다. 속속 들어오는 첩보를 종합적으로 분석한 정기룡은 명령을 내렸습니다.

"출전할 것이다. 채비를 서두르라!"

비상사태임을 알리는 북소리가 빠르게 울리기 시작했습니다.

"둥둥둥둥……."

통제영 안의 모든 군관과 군사들은 재빨리 움직였습니다. 군장을 갖추고 다들 포구로 달려 나갔습니다. 그간 조련해 온 대로 수십 척의 병선에 올라 각자 맡은 바대로 자리를 잡았습니다.

정기룡은 갑옷을 입고 세병관을 나섰습니다. 포구에 있는 모든 싸움배는 출동 채비를 마친 상태였습니다. 정기룡은 황룡선에 오른 뒤에 3층 누옥의 장대에 섰습니다. 수십 척의 싸움배에 나누어 탄 수군에게 소리쳤습니다.

"우리는 오늘 왜적을 만날 것이다! 저 가소로운 적을 자손만대에 물려주어야 하겠는가? 아니면 오늘 우리가 씨를 말려서 우리의 아들딸과 우리의 손자 손녀가 앓을 큰 근심을 말끔히 덜어 주어야 하겠는가?"

수군은 들고 있던 무기를 높이 들며 한목소리로 외쳤습니다.

"와아, 무찌르자!"

"씨를 말리자!"

정기룡이 그 말을 받아 명령을 내렸습니다.

"출군하라!"

빨랐던 북소리가 천천히 치는 소리로 바뀌었습니다.

"둥! 둥! 둥! 둥……."

정박해 있던 싸움배들이 한 척 두 척 바다로 나아갔습니다. 섬과 섬 사이를 빠져나오니 큰 바다가 펼쳐졌습니다. 척후선 여섯 척이 거북선 전단을 이끌고 있었습니다. 정기룡은 바람의 방향과 풍속을 측정하는 풍기를 바라보면서 풍향과 풍속을 헤아렸습니다.

"맞바람이 분다! 돛을 틀어라! 횡파(배의 옆쪽에 부딪치는 물결)를 조심하라!"

항해를 시작한 지 두 시각(네 시간)이 안 되어 드디어 왜선들이 시야에 들어왔습니다.

"통곤 대감, 저들은 해적이옵니다. 바다를 떠돌아다니는 도적 떼이옵니다."

"그렇다면 왜적이 아니란 말인가?"

"왜적이나 매한가지이옵니다. 저들은 남쪽 먼바다 여러 섬에 소굴을 두고 있사온데, 우리 조선을 비롯하여 명나라와 일본을 가리지 않고 항행하는 상선을 발견하기만 하면 다 털어 가고 배는 불태워 가라앉혀 흔적도 없이 만들어 버리옵니다."

"저런 무지막지한 놈들이 다 있었다니."

명나라의 큰 상선 여러 척이 해적에게 쫓기고 있었습니다. 해적은 날랜 수십 척의 배로 곧 상선단을 따라잡을 듯했습니다.

"전투 대형을 갖추어라!"

"행안진(맞바람이 세차게 불어올 때 주로 쓰는 진법)을 알리는 깃발을 올려라!"

척후선들이 자유로이 바다를 오가며 경계를 하는 동안 싸움배들이 지휘선인 황룡선을 중심으로 좌우로 모여들며 빠르게 진형을 갖추었습니다.

거북선 전단의 맨 앞에는 청작선 네 척이 줄지었습니다. 그 뒤를 거북선 두 척이 한 쌍의 원앙처럼 나란히 나아갔습니다. 거북선 뒤에는 황룡선, 황룡선 좌우로 호위하는 병선 두 척, 맨 뒤에는 방패선 수십 척이 마치 기러기가 날아가는 듯한 진형을 이루었습니다.

"해적도 우리를 발견한 것 같사옵니다!"

조선 수군의 전단이 다가오는 것을 본 해적들은 상선을 쫓던 뱃머리를 돌리기 시작했습니다. 그런 뒤에 거리가 한참 미치지 못하는데도 포를 쏘아 댔습니다.

"쾅, 펑, 펑!"

포성은 대기를 찢으며 진동했습니다. 포탄은 드넓은 바다에 떨어져 여기저기 허연 물보라가 솟구쳤습니다.

"당황하지 마라. 해적들이 우리에게 겁을 주려는 속셈이다."

그들에게도 조선 수군의 척후선처럼 바다를 빠르게 오가는 배 차오촨이 있었습니다. 거북선 전단을 정탐하러 가까이 다가오던 차오촨 두 척을 청작선들이 포위하며 다가갔습니다. 수군은 활을 쏘아 해적들을 다 죽이고는 비격진천뢰를 터뜨려 차오촨을 차례로 침몰시켰습니다.

독이 바짝 오른 해적의 본대가 점점 다가왔습니다. 그들은 뒷바람을 받고 있었습니다. 맨 앞에는 뱃머리가 높고 빠른 후촨이 위풍당당했습니다. 그 좌우로는 아타케부네와 세키부네가 부채꼴을 하고 있었습니다. 첨병처럼 앞장서서 포를 쏘아 댄 것은 사찬이었습니다.

정기룡은 다시 명령했습니다.

"호곡진(병선을 가로로 벌려서 활처럼 안으로 휘게 만든 진법)!"

황룡선 뒤쪽에 있던 방패선들이 좌우로 벌리면서 앞으로 나오기 시작했습니다. 황룡선을 중심으로 안으로 휜 활꼴의 진형이었습니다.

이윽고 거북선 두 척이 빠르게 해적선 사이로 파고 들어갔습니다. 그 좌우에는 병선이 한 척씩 동행하며 해적을 향해 포를 쏘면서 거북선을 엄호했습니다.

"쾅, 콰쾅!"

드디어 거북선은 해적선 여러 척을 들이받아 부수면서 적진 깊이 파고들었습니다. 거북선의 좌우 뱃전에 나 있는 총통혈에서 붉은 불꽃이 작열했습니다. 용 머리에서는 독한 유황 연기를 내뿜어 해적들의 시야를 온통 흐려 놓았습니다. 그러면서 가까이 있는 해적선의 뱃전 밑을 철갑 방추로 들이받아 큰 구멍을 내었습니다. 해적선이 침몰하기 시작했습니다.

"저게 뭐야? 괴물인가? 배인가?"

해적의 진형이 한순간에 흐트러졌습니다. 조선 수군의 병선이 화포를 쏘면서 나아갔습니다. 천자총통에서 쏜 천자철탄자가 해적선 아타케부네의 갑판을 내리꽂으며 뚫고 나갔습니다. 이내 물이 차오르고 배는 침몰하기 시작했습니다.

또 다른 병선의 갑판에는 대신기전이 설치되어 있었습니다. 화약통을 단 화살 1백 발이 동시에 날아올랐습니다.

"파파파팟!"

해적들은 하늘 높이에서 날아드는 화살에 꽂혀 바다에 거꾸로 떨어지기도 했습니다. 병선에서 쏜 황자총통의 철탄자인 피령전이 날개에서 소리를 내며 수십 발이나 동시에 날아갔습니다.

"피웅, 피우우웅!"

대완구에서 쏘아 대는 둥근 호박만 한 비격진천뢰도 제 몫을 하고 있었습니다.

"콰콰쾅!"

해적의 반격도 만만치 않았습니다. 그들대로 모든 화력을 다 퍼부었습니다. 조선의 방패선과 병선 여러 척이 화염을 내뿜으며 침몰했습니다. 그 모습을 본 조선 수군의 눈이 불타올랐습니다.

"해적선이 사정거리에 들어온다! 활을 쏴라!"

병선과 방패선의 뱃전에 몸을 붙이고 선 수군은 불화살과 독화살을 퍼부었습니다. 거리가 더 가까워지자 포수들이 전면에 나서서 화승총을 쏘아 댔습니다.

"승기를 잡았다!"

"공격을 늦추지 말라!"

해적선은 수십 척이 격파되었습니다. 마침내 해적들은 몇 척 남지 않은 배를 돌려 달아나기 시작했습니다.

그 뒤를 쫓는 것은 청작선이 할 일이었습니다. 여러 척이 날래게 따라가서 석류화전을 날리며 비격진천뢰를 쏘았습니다. 해적들은 갑판에서 터져 사방으로 튀는 파편을 피하기에 급급할 뿐 감히 반격할 엄두도 내지 못했습니다.

"마지막 한 척도 놓치지 말고 다 수장시켜라!"

통제영 수군은 용맹했습니다. 마침내 바다 위에는 해적선이 단 한 척도 보이지 않았습니다. 달아난 배는 없었습니다. 전부 바다 밑으로 가라앉고 만 것이었습니다.

"이겼다!"

"대단한 싸움이었어!"

"통곤 대감께서 육전에서만 명장인 줄 알았더니 해전에서도 과연 그 명성 그대로군."

정기룡은 명나라 상선 네 척을 통제영 포구로 인도해 왔습니다. 개선(전쟁에서 이기고 돌아옴)을 환영 나온 백성들이 두 팔을 들어 환호했습니다.

명나라 상선의 도선장이 정기룡에게 문안했습니다. 도선장은 금은보화가 가득 든 상자를 가져와 정기룡에게 사례를 했습니다.

"대인이 아니었으면 꼼짝없이 해적에게 다 빼앗길 뻔한 것입

172

니다. 변변치 않은 것이니 웃으면서 받아 주옵소서."

"그런 것을 받자고 해적들을 퇴치한 것이 아니오."

정기룡은 끝내 사양했습니다. 그들이 무사히 돌아가도록 먼 바다까지 호위해 주었습니다.

명나라에 도착한 도선장은 그러한 사실을 황제에게 아뢰었습니다. 조선의 정기룡이 해적 무리를 크게 물리치고 명나라 상선을 보호했다는 장계를 읽은 황제는 치사와 함께 은자, 병풍, 그리고 갖가지 빛깔의 비단을 보내어 정기룡을 찬사했습니다.

하지만 기쁨도 잠시였습니다. 못된 무리들의 무함으로 받은 모진 고문의 후유증과 큰 해전의 과로가 겹친 정기룡은 그만 병석에 눕고 말았습니다. 머리맡에서 이희춘이 아뢰었습니다.

"이만 벼슬에서 물러나 집에서 요양을 하시는 것이……."

"나는 무신일세. 죽더라도 군영에서 죽어야 할 몸이네."

"대장님!"

정기룡은 흐느끼는 이희춘에게 당부했습니다.

"내 몸이 태어난 곳은 곤양이지만, 마음의……."

정기룡은 숨을 몰아쉬었습니다.

"고향은 상주일세. 나를 반드시…… 상주에 묻어 주게."

정기룡과 평생을 함께한 이희춘은 흐느끼다가 결국 북받치는 감정을 이기지 못하고 범이 우는 소리를 냈습니다.

"어흐형!"

갑자기 바깥에 밝혀 놓은 사방 등불이 한꺼번에 다 꺼지더니 어디선가 한 줄기 바람이 불어와 방 안의 밀촉 불까지 꺼뜨려 버렸습니다.

"대장!"

"대장님!"

"통곤 대감!"

온 통제영이 목 놓아 통곡하기 시작했습니다.

이윽고 지붕 위로 한 마리 푸른 용이 날아올랐습니다. 청룡은 하늘 높은 곳에서 통제영을 천천히 한 바퀴 돌더니 북쪽 멀리 사라져 갔습니다.

잠시 후 청룡이 사라진 북쪽 하늘 아득한 곳에서 큰 별이 하나 돋았습니다. 그 별을 따라 삽시간에 뭇별이 온 하늘에 가득 나타나더니 다 같이 어우러져 찬란하게 빛나기 시작하는 것이었습니다.

장군 정기룡

1판 1쇄 발행 2023년 5월 1일

지은이 · 하용준
펴낸이 · 주연선

(주)은행나무
04035 서울특별시 마포구 양화로11길 54
전화 · 02)3143-0651~3 | 팩스 · 02)3143-0654
신고번호 · 제 1997-000168호(1997. 12. 12)
www.ehbook.co.kr
ehbook@ehbook.co.kr

ISBN 979-11-6737-299-4 (43810)